「女」が語る平安文学

『無名草子』からはじまる卒論のための基礎知識

原　豊二
古瀬雅義
星山　健　編

和泉書院

はじめに

卒業論文を書くということは、いったいどのような体験をいうのでしょうか？

大学によっては、それが必修であったり選択であったりしますし、また様式や指導の仕方もまちまちのようです。それでも、大学卒業者の間で、自分の書いた卒業論文について語ることはよくあることです。試験や実習とも異なるこの卒業論文という制度は、それこそ卒業後の自分にとって重要なスペックの一つになると言えるでしょう。つまり、社会人生活での自身に付けるラベルのようなものなのです。

一方で、この卒業論文への取り組み方には、個々人によって対応が分かれます。どこまで力を入れて取り組むのか、まずは一つ目のハードルがここにあります。本当ならば、全身全霊で挑戦してほしいのがこの卒業論文なのですが、何も見えないところからの出発を勧めることにはためらいも感じます。まずは卒業論文への入り口を紹介したいのです。

本書は、平安時代の文学作品を卒業論文のテーマにしよう、とする大学生のために作られました。ですから、自ずと対象となる大学生は限られます。また、その導きのために、『無名草子』という文学作品を徹底的に使いこなしました。そして、大学の二年生、三年生向けにも本書は対応しています。

では、いったいどうして平安文学で卒業論文を書くのに、『無名草子』なのでしょうか？

実は『無名草子』は、その創作の意図はともかく、平安時代の文学作品をほぼ網羅する全体性があるわけです。物語や和歌について語られ、また説話や日記ともリンクします。虚構の世界から、歴史上の人物まで、また男も女もそれぞれに語られていくのです。そして、その回路は無限の広がりを持っていて、故あって現在は失われた作品までもがその対象であるのです。つまり、『無名草子』を読めば、平安文学の全体像が把握できるのと同時に、それ以上の〈知〉への入り口が準備されている、というわけなのです。

本書の構成についてですが、『無名草子』の本文すべてを引用しているわけではありません。厳選された部分を抜粋しています。そして、その本文に簡単な注を施しています。次に、関連したコラムを載せています。コラムの内容は現在の最新の研究成果に基づいたもので、学界での関心事がここに書かれていると考えてください。さらに「調べてみよう」では、学生たちを学びの体験に誘います。とにかく、自分で調べるための方法とツールを惜しみなく紹介しました。これは、実際の大学教員の指導経験に基づくものですから、必ずや有益な体験となるに違いありません。

卒業論文を書く前に、一度本書のすべてを読んでほしいと思います。そして、演習やゼミなどの授業時に、「調べてみよう」に挑戦してみてください。大学の先生方も適切に指導してくれるはずです。また、四年生になって卒業論文の執筆に本格的に取り組んで、そこで行き詰まった時に、再び本書に目を通してみてください。行き詰まりの原因と解決策が、あちらこちらに散りばめられているはずです。そうです、この本は一種の手引き書ですから、賞味期限がとても長いのです。

さて、『無名草子』そのものについても説明したいと思います。

『無名草子』は鎌倉時代初期に書かれた文学作品です。文学作品とは言っても、和歌集や物語ではなく、現代風に言えば批評文学になるでしょう。このような文学スタイルは当時かなり稀であったと思われます。また、作者について、以前は俊成卿女《しゅんぜいきょうのむすめ》とされてきましたが、近年の研究成果は、その訂正を求めています（田渕句美子『女房文学史論―王朝から中世へ―』岩波書店、二〇一九）。本書においても、作者不詳とすることにします。

『無名草子』には様々な謎も潜んでいます。例えばこの書名です。この「無名草子」というのは、作者が名付けたものではなく、書名がないと不便であることから、後世に付けられたものなのです。この「無名草子」を現代風に改めれば、「名前のない本」という意味になることからも、容易に想像がつくと思います。加えてその伝来もよくわかっていません。江戸時代の大叢書である「群書類従《ぐんしょるいじゅう》」に収載されたことから、この『無名草子』は世に流布することになりましたが、決して多くの人々に読み継がれてきたとは言えないようです。現存する写本も少なく、鎌倉時代以降のこの書の評価もよくわかりません。

批評文学とは言いつつも、その批評をしているのは語り手の女房たちで、彼女たちが複数存在することから、多様な批評が混在し、時にそれらは対立的になることさえあります。ですから、現代の文芸評論家が小説などの批評をするのとは、かなり様相が異なるわけです。語り手の問題は『無名草子』を扱う上で無視できない事柄でもあります。

『無名草子』の語り手は、すべて女性です。年齢は年寄りもいれば若いのもいます。また、男性中心社会への不満などもここには描かれています。いったいどんな理由で彼女たちは語り始めるのでしょうか。そこには、彼女たちの先輩である小野小町や清少納言、紫式部までさかのぼる女性文学の伝統が基盤となっているはずです。男性目線だけでは語り尽くせないこの世のあわいや、一筋ならぬ多面的かつ複雑な女性たちの状況こそが、物語の登場人物への評価の相違など、語りの役割分担を引き起こしたのかも知れません。おそらく女性の目線でなければ、このような文学作品は生まれなかったのでしょう。

平安文学は、今なお輝きにあふれています。遠い遠い昔のことのようでいて、現代の私たちに訴えかける力が必ずあります。私たちは平安文学の世界を体現した『無名草子』の語り手たちと共感が可能です。共感とは、私とあなたの間で互いにわかり合える関係になることです。そして、卒業論文を書くことも、作品という他者への共感から始まるに違いありません。それでは、卒業論文提出までのちょっと長めの旅へと出発しましょう。

なお、本書の『無名草子』の本文は、すべて天理大学の図書館に所蔵されている本をもとにした「新編日本古典文学全集」によっています。他の作品の本文引用についても、最も入手しやすいテキストを用いています。

原　豊二

目次

はじめに……i
凡　例……vi
第一講　老尼登場―無名草子のはじまり―……2
第二講　老尼の来歴―動乱の平安時代末期を生きる―……8
第三講　この世で最もすばらしいもの―宝物集・枕草子を超えて―……14
第四講　源氏物語の巻々―五十四帖の成り立ち―……20
第五講　源氏物語の作中人物―光源氏と薫―……26
第六講　「少年の春」の行方―狭衣物語―……32
第七講　改作への挑戦―今とりかへばやへ―……38
第八講　失われた物語たち―海人の刈藻・末葉の露―……44
第九講　実話ベースの歌物語―伊勢物語・大和物語―……50
第十講　勅撰集でも辛口批評―万葉集・古今集から千載集―……56
第十一講　女が名を残すこと―私撰集と宮仕え―……62
第十二講　才女の評判と行く末―小野小町と清少納言―……68
第十三講　恋愛と歌で名をはせた母娘―和泉式部と小式部内侍―……74
第十四講　高貴な女の老い―大斎院選子―……80
第十五講　「女」から「男」へ―栄花物語・大鏡―……86

凡例

一、本書は、『無名草子』の本文を抜粋し、その上で「頭注」「コラム」「調べてみよう」を新たに執筆し、全体を十五講に分け、短期大学・大学用のテキストとして編集企画した。
　また、一般読者のための平安文学研究の入門書としても有用であることを申し添えたい。

二、本文と頭注について
①本文は、『新編日本古典文学全集㊵』（小学館、一九九九、二〇一三年第三刷）に収められた、久保木哲夫校注・訳『無名草子』を底本とした。なお、各講の本文末尾の（　）内は『新編日本古典文学全集㊵』の頁数である。
②本文については、紙幅の都合や本書の趣意を考慮し、編者によって適宜本文・ルビなど改めた箇所がある。
③頭注は各講の担当者による。

三、『無名草子』以外の作品の引用については、和歌は『新編国歌大観』により、その他の作品については、原則として『新編日本古典文学全集』によるものとし、これらに収められていない作品については最も入手しやすいであろう通行本を用いた。その本文については、仮名や漢字を宛てるなど、適宜表記を改めた。仮名遣いは原文通りとした。

四、『無名草子』本文を除く作品ならびに著者執筆箇所については、漢字は原則として通行字体を用いた。

「女」が語る平安文学

――『無名草子』からはじまる卒論のための基礎知識――

第一講　老尼登場

―無名草子のはじまり―

老尼が登場。仏に奉る花を摘みながら東山あたりを彷徨ううちに、日暮れが近づく。仮寝の宿を探す彼女は、まず最勝光院に立ち寄った後、檜皮屋の邸に向かう。

八十《やそぢ》[1]あまり三年《みとせ》の春秋、いたづらにて過ぎぬることを思へば、いと悲しく、たまたま人と生まれたる思ひ出でに、後《のち》の世《よ》の形見《かたみ》にすばかりのことなくてやみなむ[2]悲しさに、髪を剃《そ》り、衣《ころも》を染めて、わづかに姿ばかりは道に入りぬれど、心はただそのかみ[3]に変はることなし。年月《としつき》の積もりに添へて、いよいよ昔は忘れがたく、古《ふ》りにし人[4]は恋しきままに、人知れぬ忍び音《ね》のみ泣かれて、苔《こけ》の袂《たもと》乾く世なき慰めには、花籠《はなこ》をひぢに掛けて、朝ごとに露《つゆ》を払ひつつ、野辺《のべ》の草むらに交じりて花を摘《つ》みつつ、仏に奉《たてまつ》るわざをのみして、あまた年経《へ》ぬれば、いよいよ頭《かしら》の雪積もり、面《おもて》の波も畳みて、いとど見まうくなりゆく鏡の影も、我《われ》ながらうとましければ、人に見えむこともいとどつつましけれど、道のままに花を摘みつつ、東山《ひんがしやま》わたりをとかくかかづらひありくほどに、やうやう日も暮れ方になり、たち帰るべきすみかも遥《はる》けければ、いづくにても行《ゆ》きとまらむところに寄り臥《ふ》しなむと思ひて、「三界無安《さんがいむあん》[5]、猶如火宅《いうによくわたく》」と口ずさみて歩み行《ゆ》くほどに、最勝光院《さいしようくわうゐん》の大門開《あ》きたり。

うれしくて歩み入るままに、御堂《みだう》の飾り、仏の御さまなど、いとめでたくて、浄土も

1 「百千万劫菩提種、八十三年功徳林」(白氏文集・巻二七)に拠る。
2 現世を終える、つまり亡くなること。
3 出家する前。
4 故人。
5 「調べてみよう」③参照。

かくこそと、いよいよそ[6]なたにすすむ心も催さるる心地して、昔より古き[7]御願ども多く拝みたてまつりつれど、かばかり御心に入《い》りたりけるほど見えで、金《かね》の柱、玉の幡《はた》をはじめ、障子の絵まで見どころあるを見はべるにつけても、まづ、この世の御幸ひも極《きは》め、また、後《のち》の世《よ》もめでたくおはしましけるよと、うらやましく、伏し拝みて立ち出《い》でて、西ざまにおもむきて京の方《かた》へ歩み行くに、都のうちなれど、こなたざまはむげに山里めきて、いとをかし。

五月十日余日《よひ》のほど、日ごろ降りつる五月雨《さみだれ》の晴間待ち出で、夕日きはやかにさし出でたまふもめづらしきに、ほととぎすさへ[8]伴《ともな》ひ顔《がほ》に語らふも、死出《しで》の山路《やまぢ》の友と思へば、耳とまりて、

　[9]をちかへり語らふならばほととぎす死出《しで》の山路のしるべともなれ

とうち思ひつづけられて、こなたざまには人里もなきにやと、はるばる見わたせば、[10]稲葉そよがむ秋風思ひやらるる早苗《さなへ》、青やかに生《お》ひわたりなど、むげに都遠《とほ》き心地するに、いと古《ふる》らかなる檜皮屋《ひはだや》の棟《むね》、遠きより見ゆ。

（一七三〜一七五）

6 極楽往生を望む心。
7 御願寺（ごがんじ）。天皇・皇后・親王などの発願（ほつがん）によって建てられた寺。
8 人を誘うような感じに鳴く。
9 もう一度戻ってきて鳴くならば、ほととぎすよ、私の死出の山路の案内役になっておくれ、の意。
10 「昨日こそ早苗取りしかいつの間に稲葉そよぎて秋風の吹く」（古今・読み人知らず・一七二）に基づく表現。

✿ コラム

①場の物語

「場の物語」とは、森正人が定めた研究上の用語《ターム》であり、語り手・聞き手・素材が、相互に規定し合う「物語の場」そのものが物語化された作品の謂《い》いである。もう少し砕けた表現をするならば、あるお話が語られている場所自体が物語の中に組み入れられた作品である。

おそらくその最も著名なものは『大鏡』であろう。雲林院《うりんいん》で行われる菩《ぼ》提講《だいこう》に参集した高齢の翁らが、自身の見聞をもとに歴史を語る、座談形式の物語である（第十五講「コラム②」参照）。続く『今鏡』『水鏡』『増鏡』といった鏡物《かがみもの》は、いずれもこの形式を踏襲する。また『源氏物語』「帚木《ははきぎ》」巻における雨夜の品定めもその類型に属する。

『無名草子』は、明らかにその系譜上に位置する。高校生向けの『国語便覧』の類《たぐ》いでは「物語評論の書」と評されることが多く、そこに本作品の文学史的価値の多くが存することは否めない。しかし、それ自体、一編の物語の形態を持つことは見逃せない。また次講で取り上げるように、華やかな経歴を有する老尼が何かを語るのではなく聞き役に徹する点は、本作品の「場の物語」系譜上の位置づけをはかる上で重要であろう。

②老尼の年齢

この物語冒頭部に登場する老尼は何歳か。もし書き出しの「八十あまり三年の春秋」をもってただちに八十三歳と見なしたならば、それはいささか短絡的である。書き出しの文章の構成を考えたい。

[a]八十あまり三年の春秋、いたづらにて過ぎぬることを思へば、いと悲しく、[b]たまたま人と生まれたる思ひ出でに、後の世の形見にすばかりのことなくてやみなむ悲しさに、[c]髪を剃り、衣を染めて、わづかに姿ばかりは道に入りぬれど、[d]心はただそのかみに変はることなし。

aとbが並列関係にあり、それをcが受けるならば、八十三歳は出家時の年齢となる。それに対し、aとb・cが並列関係にあり、それをdが受けると見るならば、八十三歳は物語内現在の年齢となる。後者の場合、aとdが内容的に重なり、また、aの「悲しく」を受ける語・文節がdにない点が問題である。一文の解釈としては前者の方が無難であろうか。

ただし前者の場合、この後の物語記述に老尼は高倉帝の御代（一一六八〜八〇年）に出家したとあることから、物語内現在（仮に一二〇〇年とする）一〇三〜一五歳という、いささか現実離れした高齢になってしまう。「まことしからぬ」ことは、以降の物語評を見てわかるように本書の最も嫌うところである。

無論、先にあげた『大鏡』の大宅世継《おおやけのよつぎ》（一九〇歳）・夏山繁樹《なつやまのしげき》（一八〇歳）といった、超高齢の語り手も、先行する「場の物語」において存在した。ただし、それは彼らを、長期にわたる歴史の見聞者とするためであり、『無名草子』の場合、そのような必然性に乏しい。

それらを勘案した場合、前者の解釈、またはaとb・c・dが並列関係にある、と見る解釈もあり得るのではないか。

いずれにせよ、古典文学研究においては、このような基礎的要素についてもいまだ決着を見ないものがあることを理解してもらいたい。

※参考文献

星山健「〈場の物語〉の系譜上における『無名草子』―聞き手老尼の経歴および年齢に着目して―」（『王朝物語史論―引用の『源氏物語』―』笠間書院、二〇〇八）、森正人『場の物語論』（若草書房、二〇一二）

❀ 調べてみよう

① 『今鏡』『水鏡』『増鏡』を読んで、どのような人物が「語り手」として設定されているか、確認してみよう。

※現代語訳も掲載するテキストとして、『今鏡』『増鏡』は「講談社学術文庫」、『水鏡』は河北騰『水鏡全評釈』（笠間書院、二〇一一）がある。

②雨夜の品定めとはどのような話か、読んでみよう。

※現代語訳も掲載するテキストとしては、阿部秋生他校注・訳『源氏物語①』新編日本古典文学全集⑳（小学館、一九九四）などがある。なお、雨夜の品定めの主題的意味については、日向一雅「「帚木」三帖の主題」（増田繁夫他編『源氏物語研究集成①』風間書房、一九九八）に詳しい。

③『法華経』「譬喩品《ひゆほん》」を読んで「三界無安《さんがいむあん》、猶如火宅《いうによくわたく》」の意味を調べてみよう。

※テキストとしては『法華経　上』（岩波文庫、一九六二）などがある。なお、解説書としては鎌田茂雄『法華経を読む』（講談社学術文庫、一九九四）などが有益である。

④最勝光院について、その施主《せしゅ》（建てた人物）・場所・建立《こんりゅう》年・焼失年について調べてみよう。

※平安時代における歴史的事項の調査には古代学協会・古代学研究所編『平安時代史事典』（角川書店、一九九四）が便利である。日本史全般については、『国史大辞典』（吉川弘文館、一九七九～九七）が有益である。

⑤「ほととぎす」と「死出の山路」との和歌的繋がりについて片桐洋一『歌枕歌ことば辞典　増補版』（笠間書院、一九九九）で調べてみよう。また、同辞典で「五月雨」についても確認してみよう。

⑥『無名草子』物語評のどこに「まことしからぬ」ということばが用いられているか、調べてみよう。

※『無名草子総索引』（笠間書院、一九七五）で検索するのが、最も確かである。WEBデータベース「ジャパンナレッジ」の「新編日本古典文学全集」「個別（詳細）検索」も便利だが、頁《ぺーじ》を跨《また》がる用例がヒットしないなど、不備な点がある。

第二講　老尼の来歴

―動乱の平安時代末期を生きる―

老尼は邸に近づいていくと、中にいた若い女房から声を掛けられる。彼女は高欄に寄りかかりながら、自身の来歴を語る。

いかなる人の住みたまふにかと、あはれに目とまりて、やうやう歩み寄りて見れば、築地《ついぢ》もところどころ崩れ、門《かど》の上などもあばれて、人住むらむとも見えず。ただ寝殿《しんでん》、対《たい》、渡殿《わたどの》などやうの屋《や》ども少々、いと[1]ことすみたるさまなり。庭の草もいと深くて、光[2]《ひかる》源氏《げんじ》の露《つゆ》分けたまひけむ蓬《よもぎ》も所得顔《ところえがほ》なる中を分けつつ、中門《ちゆうもん》より歩み入りて見れば、南《みなみ》面《おもて》の庭いと広くて、呉竹《くれたけ》植ゑわたし、卯《う》の花垣根《はながきね》など、まことにほととぎす[3]蔭《かげ》に隠れぬべく、山里めきて見ゆ。前栽《せんざい》むらむらいと多く見ゆれど、まだ咲かぬ夏草の茂み、いとむつかしげなる中に、撫子《なでしこ》、長春花《ちやうしゆんぐゑ》ばかりぞ、いと心地よげに、盛りと見ゆる。軒《のき》近き若木の桜なども、花盛り思ひやらるる木立《こだち》、をかし。

（中略）

「人なみなみのことにははべらざりしかども、数ならずながら、十六七にはべりしより、[4]皇嘉門院《くわうかもんゐん》と申しはべりしが御母の[5]北政所《きたのまんどころ》にさぶらひて、[6]讃岐院《さぬきのゐん》、近衛院《このゑのゐん》などの位《くらゐ》の御時、百敷《ももしき》のうちも時々見はべりき。さて[7]失《う》せさせたまひしかば、[8]女院《にようゐん》にこそさぶらひぬべくはべりしかども、なほ九重《ここのへ》の霞《かすみ》の迷ひに花をもてあそび、雲の上にて月をも眺めまほし

1　さっぱりしたの意か。
2　『源氏物語』「蓬生」巻。
3　「鳴く声をえやは忍ばぬ郭公（ほととぎす）初卯（はつう）の花の蔭に隠れて」（新古今・柿本人麿・一九〇）。
4　崇徳天皇中宮藤原聖子。
5　関白藤原忠通（ただみち）室の宗子。
6　崇徳院（すとくいん）のこと。
7　宗子は久寿二年（一一五五）没。

き心、あながちにはべり。後白河院、位《くらゐ》におはしまし、[9]二条院《にでうゐん》、東宮《とうぐう》と申しはべりしころ、その人数《ひとかず》にはべらざりしかど、おのづからたち慣《な》れはべりしほどに、さる方《かた》に人にも許されたる慣れ者になりて、[10]六条院、[11]高倉院などの御代《みよ》まで時々仕《つか》うまつりしかども、つくも髪《がみ》見苦しきほどになりはべりしかば、頭《かしら》おろして山里に籠《こも》りゐはべりて、[12]一部読みたてまつること怠りはべらず。今朝《けさ》とく出《い》ではべりて、とかく惑ひはべりつるほどに、今まで懈怠《けだい》しはべりにける」とて、首に掛けたる経袋《きやうぶくろ》より冊子経《さうしきやう》取り出でて、読みゐたれば、「暗うてはいかに」などあれば、「今は口慣れて、夜《よる》もたどるたどるは読まれはべる」とて、一の巻の末つ方、方便品比丘偈《はうべんぼんびくげ》などより、やうやう忍びてうちあげなどすれば、[13]いと思はずに、あさましがりて、「今少し近くてこそ聞かめ」とて、縁《えん》へ呼びのぼすれば、「いと見苦しくかたはらいたくはべれど。法華経《ほけきやう》に[14]ところを置きたてまつりたまはむを、強《し》ひて否《いな》びきこえむも罪得《え》はべりぬべし」とて、縁《えん》にのぼりたれば、「同じくはこれに」と中門《ちゆうもん》の廊《らう》に呼びのぼせて、畳など敷かせて据《す》ゑられたり。「十羅刹《じふらせち》の御徳に、[15]殿上《てんじやう》許されはべりにたり。まして後《のち》の世《よ》もいとど頼もしや」など聞こえて、ところどころうちあげつつ読みたてまつる。

（一七五～一八〇）

8 皇嘉門院聖子。

9 二条天皇が東宮だったのは久寿二～保元三年（一一五五～五八）。

10 六条天皇の在位期間は永万元～仁安三年（一一六五～六八）。

11 高倉天皇の在位期間は仁安三～治承四年（一一六八～八〇）。

12 『法華経』全巻。

13 若い女房達が大変思いがけないことと驚いて。

14 敬意を払う。

15 本来そこでは内裏清涼殿（せいりよう）の殿上の間。天皇への謁見が叶った。ここでは中門の廊に呼び上げられたことをおどけて言う。

✿ コラム

①伝本・書名

古典作品の場合、作者自筆本が現存することはきわめて稀である。例えば『源氏物語』にしても、我々が目にできるのは、いずれも鎌倉時代以降の写本、及びそれに基づくものである。つまり、作者である紫式部が生きた時代から、およそ二〇〇年以上下ったものしか現存していないのである。

『無名草子』の場合、伝本は、a彰考館文庫蔵本、b天理図書館蔵本、c「群書類従《ぐんしょるいじゅう》」第三一二収録本、の三本と、その転写本しか存在しない。本書が本文を拠《よ》った「新編日本古典文学全集」（小学館）は、bを底本（拠り所とする本）とするが、その奥書（巻末に書かれた書誌情報）は誤字が多く、意味が取りにくいので、参考までにそれと近い内容を持つa彰考館文庫蔵本の奥書を一部掲載する。

建武二年四月六日未時一見訖　作者不審建久比書之歟　自源氏始之色々物語事已下有興事等書之
（以下、略）　津守国冬判

「建武二年」は西暦一三三五年である。「建久比《ごろ》、之《これ》を書くか」は、作品内の「『玉花集《ぎょくくわ》』とて、建久七年（稿注　西暦一一九六年）に撰《えら》べるよし見えたるものはべり」（二六二頁。本書六二頁）を根拠とした、作品成立年代の推測であろう。津守国冬《つもりのくにふゆ》は勅撰歌人で、『源氏物語』の書写にも当たった文化人である。ただし、a彰考館文庫蔵本は、その国冬の写本をさらに写したものと思われる。ちなみにaを小山田《おやまだ》与清《ともきよ》なる人物が献納したのは文政年間（一八一八～三〇年）とされる。

その上で、書名についてだが、実は三本の写本で異なり、a建久物語、b無名物語、c無名草子とされている。その事実から推測されるのは、本書にはそもそも正式な書名はないということである。それゆえに、仮に『無名物語』『無名草子』（一昔前にいう「名無しの権兵衛《ごんべえ》」に等しいか）と呼び、時には作品内の元号に基づいて、『建久物語』と呼んだのであろう。

※参考文献

冨倉徳次郎編『昭和校註　無名草子』（武蔵野書院、一九五〇）、鈴木弘道『校註　無名草子』（笠間書院、一九八三）、久保木哲夫他校注・訳『松浦宮物語　無名草子』新編日本古典文学全集㊵（小学館、一九九九）

②時代背景

老尼は、まず「皇嘉門院と申しはべりしが御母の北政所」、つまり関白忠通《ただみち》室宗子に仕え、「讃岐院、近衛院などの位の御時」（在位期間は「讃岐院」（崇徳《すとく》帝）が一一二三～四一年、「近衛院」（近衛帝）が一一四一～五五年）には宮中にも出入りしていたという。その期間は、およそ鳥羽院による院政期（一一二九～五六年）に当たる。

そして、「後白河院、位におはしまし、二条院、東宮と申しはべりしころ」に内乱が起こる。保元の乱（一一五六年）である。慈円が鎌倉時代初期に記した史論書『愚管抄《ぐかんしょう》』において、これを契機に「武者の世」になったと振り返るように、画期をなす大事件であった。次いで二条帝が即位し、後白河院政が始まった直後に、第二の内乱、平治の乱（一一五九年）が勃発した。以後「六条院、高倉院などの御代」は、それに勝利を収めた平氏の全盛時代となる。

老尼はその頃、出家を遂げたようだが、その後、物語内現在（仮に一二〇〇年とする）までに、以仁王《もちひとおう》の令旨《りょうじ》発布・源頼朝の挙兵（一一八〇年）に始まり壇ノ浦の戦い（一一八五年）に終わる治承・寿永の乱が起こり、鎌倉幕府が樹立されている。

老尼の半生は、まさに動乱とともにあった。

※参考文献

朧谷寿『王朝と貴族』日本の歴史⑥（集英社、一九九一）

❀ 調べてみよう

①『無名草子』の書名が、本来的でないことは先に述べたが、では『源氏物語』の書名にはどんなものがあったか、調べてみよう。

※林田孝和他編『源氏物語事典』（大和書房、二〇〇二）には「書名」という項目が設けられている。

②本文に現れた築地《ついじ》・寝殿《しんでん》・対《たい》（の屋）・渡殿《わたどの》・中門《ちゅうもん》・前栽《せんざい》について調べてみよう。

※有職故実《ゆうそくこじつ》（官職、建築物、服飾、年中行事などに関する研究）の成果は、ハンディーなものとしては秋山

虔・小町谷照彦編『源氏物語図典』（小学館、一九九七）で確認できる。詳しくは倉田実編『平安大事典』（朝日新聞出版、二〇一五）や鈴木敬三編『有識故実大辞典』（吉川弘文館、一九九八）を参照されたい。

③歴史の講座物で、保元の乱、平治の乱、治承・寿永の乱（いわゆる源平の合戦）について調べてみよう。

※入間田宣夫『武者の世に』日本の歴史⑦（集英社、一九九一）、本郷恵子『京・鎌倉の王権』全集日本の歴史⑥（小学館、二〇〇八）、下向井龍彦『武士の成長と院政』日本の歴史⑦（講談社学術文庫、二〇〇九）などがある。

④「讃岐院（崇徳帝）」から「高倉院（帝）」に至る歴代の帝の系図を『尊卑分脈《そんぴぶんみゃく》』（「国史大系」所収の系図集、吉川弘文館。なお、「eBook コレクション」で閲覧可）、『本朝皇胤紹運録《ほんちょうこういんじょううんろく》』（「群書類従」所収の天皇・皇族の系図集。「古典籍総合データベース（早稲田大学）」で閲覧可）で確認しよう。

⑤老尼が生きた時代は、「皇嘉門院《こうかもんいん》」をはじめ、女院が多く存在した時代である。そこで「女院」について小町谷照彦・倉田実編『王朝文学文化歴史大事典』（笠間書院、二〇一一）で調べてみよう。さらに詳しくは古代学協会・古代学研究所編『平安時代史事典』（角川書店、一九九四）や『国史大辞典』（吉川弘文館、一九七九～九七）を参照。

⑥「方便品比丘偈《ほうべんぼんびくげ》」の「偈」、および「十羅刹《じふらせち》」の「羅刹」について、『岩波仏教辞典』（岩波書店、一九八九）で調べてみよう。さらに詳しくは『仏教語大辞典』（東京書籍、一九八一）を参照。

第三講　この世で最もすばらしいもの
―宝物集・枕草子を超えて―

前段に続いて、この世で捨てがたいものとして、月の光の素晴らしさが第一と語ったあと、共感する相手と自分とを結ぶ物として手紙を挙げ、『枕草子』を例に引く。

「さてもさても、何事かこの世にとりて第一に捨て[1]がたきふしある。おのおの、心におぼされむことのたまへ」と言ふ人あるに、「花、紅葉をもてあそび、月、雪に戯《たはぶ》るるにつけても、この世は捨てがたきものなり。情《なさけ》なきをも、あるをも嫌はず。心なきをも、数[2]ならぬをも分かぬは、かやうの道ばかりにこそはべらめ。それにとりて、夕月夜《ゆふづくよ》ほのかなるより、有明《ありあけ》[3]の心細き、折も嫌はず、ところも分かぬものは、月の光ばかりこそはべらめ。春、夏も、まして秋、冬など、月明かき夜《よ》は、そぞろに、心なき心も澄み、情けなき姿も忘られて、知らぬ昔、今、行《ゆ》く先も、まだ見ぬ高麗《こま》[4]、唐土《もろこし》も、残るところなく、遥《はる》かに思ひやらるることは、ただこの月に向かひてのみこそあれ。されば、王子猷《わうしいう》[5]は戴安道《たいあんだう》[6]を訪ね、簫史《せうし》[7]が妻《め》の月に心を澄まして雲に入《い》りけむも、ことわりとぞおぼえはべる。この世にも、月に心を深く染《し》めたるためし、昔も今も多くはべるめり。勢至菩薩《せいしぼさつ》[8]にてさへおはしますなれば、暗き[9]より暗きに迷はむしるべまでもとこそ、頼みをかけたてまつるべき身にてはべれ」と言ふ人あり。また「かばかり濁《にご》り多かる末[10]の世まで、いかで、かかる光のとどまりけむと、昔の契《ちぎ》りもかたじけなく思ひ知らるることは、この

1　このあと「月・文・涙・阿弥陀仏・法華経」と続いたあと、物語論に展開する。

2　身分が低くて一人前に扱われない者。

3　夜明けまで空に上っている十六夜以降の有明の月。

4　朝鮮半島や中国大陸。

5　王徽之（おうきし・三三八～八六）。王羲之（おうぎし）の五男。東晋の名士。会稽（かいけい）に隠居し、竹を愛した風流人。字（あざな）が王子猷。

6　戴逵（たいき・三三六～九六）。琴・書・絵画に秀でた文人。
王子猷が訪問する逸話は、『晋書』列伝はじめ『世説新語（せせつしんご）』『唐物語（からものがたり）』に見える。

7　秦の穆公（ぼくこう）の娘弄玉（ろうぎょく）が、簫の音に惹かれて楽人の妻になり、鳳凰に

月の光ばかりこそはべるを、同じ心なる友なくて、ただ独《ひと》り眺《なが》むるは、いみじき月の光もいとすさまじく、見るにつけても、恋しきこと多かるこそ、いとわびしけれ」

また、「この世に、いかでかかることありけむと、めでたくおぼゆることは、文《ふみ》[11]こそはべれな。『枕草子』[12]に返す返す申してはべるめれば、こと新しく申すに及ばねど、なほいとめでたきものなり。遥かなる世界にかき離れて、幾年《いくとせ》あひ見ぬ人なれど、文といふものだに見つれば、ただ今さし向かひたる心地して、なかなか、うち向かひては思ふほども続けやらぬ心の色もあらはし、言はまほしきことをもこまごまと書き尽くしたるを見る心地は、めづらしく、うれしく、あひ向かひたるに劣りてやはある。つれづれなる折、昔[13]の人の文《ふみ》見出でたるは、ただその折の心地して、いみじくうれしくこそおぼゆれ。まして亡《な》き人などの書きたるものなど見るは、いみじくあはれに、年月《としつき》の多く積もりたるも、ただ今筆《ふで》うち濡《ぬ》らして書きたるやうなるこそ、返す返すめでたけれ。何事も、たださし向かひたるほどの情《なさけ》は、仮にてこそはべるに、これは、ただ昔ながら、つゆ変はることなきも、いとめでたきことなり。

いみじかりける延喜《えんぎ》[14]、天暦《てんりやく》の御時の古事《ふるごと》も、唐土《たうど》[15]、天竺《てんぢく》の知らぬ世のことも、この文字といふものなからましかば、今の世の我らが片端《かたはし》も、いかでか書き伝へましなど思ふにも、なほ、かばかりめでたきことはよもはべらじ」と言へば、

（一八一～一八四）

乗って雲中に飛び去った逸話。『列仙伝』『唐物語』に見える。

8 月の化身とされる。日の化身の観世音菩薩とともに阿弥陀三尊。

9 和泉式部の詠んだ「暗きより暗き道にぞ入りにけり遥かに照らせ山の端（は）の月」（拾遺・一三四二）は『法華経』「化城喩品（けじょうゆほん）」の「従レ冥入ニ於冥一。永不レ聞ニ仏名一。」（くらきよりくらきにいる。ながくぶつみょうをきかず。）による。

10 釈迦入滅のあと数千年経つと、仏法が衰えて世が乱れるという末法思想。

11 手紙のこと。

12 『枕草子』能因本系統の独自本文第二二一段に「めづらしと言ふべき事にはあらねど、文こそなほめでたきものには」とある（コラム③参照）。

13 かつて親交のあった人。

14 聖台と仰がれた延喜の醍醐天皇、天暦の村上天皇の時代。それぞれ『古今集』『後撰集』が編纂された。

15 中国とインド。時間と空間の対比を示す。

コラム

①「捨てがたきふし」と『宝物集《ほうぶつしゅう》』

『宝物集』は、平安末期に後白河院の北面武士として仕えた平判官康頼《ほうがんやすより》が記した仏教説話集である。遠流《おんる》から帰還した男が嵯峨釈迦堂（清涼寺）に参詣し、寺の僧が参籠中の男たちに語った内容を記す形式で、八十三歳の老尼が最勝光院《さいしょうこういん》参詣の帰路に立ち寄った家で女たちの話を聞く『無名草子』と対照をなす。建久九年（一一九八）成立の『和歌色葉《いろは》』に「康頼が宝物集」と見える。平康頼は中原頼季《よりすえ》男。平保《やす》盛《もり》に仕えて平姓となり、『千載和歌集』に四首、『月詣《つきもうで》和歌集』に五首入る歌人でもある。安元元年（一一七五）に尾張国目代《さかん》として赴任中、保元の乱で討たれた源義朝の墓を手厚く改修した功で後白河院が近習《きんじゅ》に取り立て、検非違使尉《けんびいしじょう》・左衛門尉《さえもんのじょう》を勤める。安元三年（一一七七）打倒平家を画策した鹿ヶ谷《ししがたに》事件に関わった罪で平清盛に逮捕され、俊寛と薩摩国の鬼界ヶ島へ遠流の道中に出家し沙弥性照《しゃみしょうじょう》と号す。二年後に高倉天皇中宮徳子の出産恩赦で帰京。京都東山の雙林寺《そうりんじ》で『宝物集』を執筆し、冒頭と跋《ばつ》に配流の体験を記す。巻一で「人の為には何か第一の宝にては侍る」と問い、隠蓑《かくれみの》、打出《いで》の小槌《こづち》、金、玉、子、命の六つを順に挙げ、和歌、漢詩文、仏教説話を引き合いに論じて否定しながら展開し、最後は仏法こそ至高の宝と結論づける。建久七年（一一九六）以降成立の『無名草子』が「何事かこの世にとりて第一に捨てがたきふしある」と問いかけ、月、手紙、涙、阿弥陀仏、そして物語へと展開する構成との類似が指摘されている。

※参考文献

小泉弘他校注『宝物集　閑居友　比良山古人霊託』新日本古典文学大系40（岩波書店、一九九三）、黒田彰子『中世和歌論考―和歌と説話と』（和泉書院、一九九七）、大場朗『宝物集の研究』（おうふう、二〇一〇）

②『枕草子』の諸本

『枕草子』は、平安後期に清少納言が一条天皇中宮定子に女房として仕える中で「目に見え心に思ふ事」を記したものである。跋《ばつ》文に清少納言の自宅を訪れた源経房《つねふさ》が持ち出し、「すばらしい」との世評を得て手元に戻った経緯が記される。内容は三つに大別され、「春はあけぼの」のように四季の自然や日常生活を記した随想的章段、「うつくしきもの」のように物尽くしでまとめた類聚的章段、「香爐峰《こうろほう》の雪」のように宮仕え中の出来事や見聞をいきいきとまとめた日記的章段がある。内容の配列特徴によって雑纂形態と類纂形態に類別され、雑纂形態が三巻本系統と能因本系統、類纂形態が前田家本と堺本系統である。

三巻本系統は、活字化された多くの『枕草子』テキストの底本になっている。「耄及愚翁《もうぎゆうぐおう》」と記す藤原定家の書写奥書を持ち、第一類本の陽明文庫本が原態に最も近い最善本とされるが、第一段「春は曙」から第七五段「あぢきなきもの」までを欠くため、第二類本の相愛大学蔵弥富《やとみ》本を援用する。

能因本系統は、能因の妻と清少納言の息橘則長《のりなが》の妻が姉妹の縁で、能因が所持したと伝わる三条西家《さんじようにし》旧蔵学習院大学蔵本がある。末流本文が慶長古活字《こかつじ》本として版行されたので数多く現存し、流布《るふ》本と呼ばれた。

類纂形態の前田家本は、加賀前田家尊経閣文庫に伝わる鎌倉中期の古写本。孤本で昭和二年に公開された。一冊目が「は」型、二冊目が「もの」型、三冊目が随想的章段、四冊目が日記的章段と整理されている。

堺本系統は、奥書に泉州堺に住む道巴《どうは》所持の本を書写したとあり、日記的章段の冊を欠く。

※参考文献

枕草子研究会編『枕草子大事典』（勉誠出版、二〇〇一）、松尾聰・永井和子校注・訳『枕草子』新編日本古典文学全集⑱（小学館、一九九七）、根来司『新校本枕草子』（笠間書院、一九九一）、杉山重行編『三巻本枕草子本文集成』（笠間書院、一九九九）、楠道隆『枕草子異本研究』（笠間書院、一九七〇）

③『枕草子』能因本系統の独自章段第二二一段「めづらしと言ふべき事にはあらねど、文こそ」

同じ雑纂形態でも、章段配列は三巻本系統と能因本系統で多少異なり、独自章段もある。『無名草子』が手紙の素晴らしさを「『枕草子』に返す返す申してはべるめれば」と記すのは、能因本第二二一段「めづらしと言ふべき事にはあらねど、文こそなほめでたきものには」を前提にしたからである。この章段が三巻本系統に見えないので、『無名草子』作者が見た『枕草子』は能因本系統の伝本であったことがわかる。

※参考文献

田中重太郎『枕冊子全注釈　四』（角川書店、一九八三）、田中重太郎『校本枕冊子』（古典文庫、一九五三～七）、松尾聰・永井和子訳注『枕草子［能因本］』原文・現代語訳シリーズ（笠間書院、二〇〇八）

❀ 調べてみよう

①『無名草子』で「捨てがたきふし」として語られているものと、『宝物集』で「第一の宝」として論じられているものとの論理を比較して、類似点と相違点を整理し、享受のありようを考えてみよう。

※『宝物集研究』（『山田昭全著作集　二』おうふう、二〇一五）は『宝物集』研究第一人者による集大成。

②『無名草子』の本文が対比の構成で記されている論理と方法について、『枕草子』本文の文章構成と比較し、書き手が読者に対してどのような効果をねらったと考えられるか調べてみよう。

※古瀬雅義『枕草子章段構成論』（笠間書院、二〇一六）は、本文の対比構成に着目して、書き手の意図したねらいを明らかにする。

③この「文」に関する言説は、『徒然草』第一三段「ひとり灯火《ともしび》のもとに文を広げて、見ぬ世の人を友とするぞ、こよなう慰むわざなる」に享受される。『無名草子』、『枕草子』能因本独自本文第二一二段、『徒然草』の「文」についての記述をそれぞれ比較し、時代を超えて享受された感覚とその展開を調べてみよう。

※小川剛生『新版　徒然草』現代語訳付（角川ソフィア文庫、二〇一五）と『兼好法師』（中公新書、二〇一七）は、今までの『徒然草』研究の定説を一気に刷新した必読書で、しかも使いやすい。

第四講　源氏物語の巻々
―五十四帖の成り立ち―

『源氏物語』の批評へと進む。まずは、先行作品の少ない中での作者・紫式部の天才的な創作能力への賛美がある。続いて『源氏物語』の巻々についての印象が述べられてゆく。

「さても、この『源氏』作り出《い》でたることこそ、思へど思へど、この世一つならずめづらかにおぼほゆれ。まことに、[1]仏に申し請《こ》ひたりける験《しるし》にやとこそおぼゆれ。それより後の物語は、思へばいとやすかりぬべきものなり。かれを才覚にて作らむに、『源氏』にまさりたらむことを作り出だす人もありなむ。わづかに『[2]うつほ』『[3]竹取』『[4]住吉』などばかりを物語とて見けむ心地《ここち》に、さばかりに作り出でけむ、[5]凡夫のしわざともおぼえぬことなり」など言へば、また、[6]ありつる若き声にて、「いまだ見はべらぬこそ口惜しけれ。かれを語らせたまへかし。聞きはべらむ」と言へば、「さばかり多かるものを、そらにはいかが語りきこえむ。本を見てこそ言ひ聞かせたてまつらめ」と言へば、「ただまづ今宵《こよひ》おほせられよ」とて、ゆかしげに思ひたれば、「げに、かやうの宵、つれづれ慰めぬべきわざなり」など、口々言ひて、

「[7]巻々の中に、いづれかすぐれて心に染《し》みてめでたくおぼゆる」と言へば、「『桐壺《きりつぼ》』に過ぎたる巻やははべるべき。『いづれの御時《おほむとき》にか』とうちはじめたるより、源氏[8]初元《はつもと》結《ゆひ》のほどまで、言葉続き、ありさまをはじめ、あはれに悲しきこと、この巻に籠《こも》りては

1　仏に祈願した効果。
2　『うつほ物語』のこと。『源氏物語』以前に作られた前期物語の一つ。
3　『竹取物語』のこと。『源氏物語』にも影響を与えている。
4　『無名草子』のいう『住吉物語』は散逸（さんいつ）して現在に伝わらない。現在は後代の改作本が伝わっている。
5　普通の人。
6　先ほどの若い女の声。
7　以下、巻々の論が始まる。
8　元服のこと。

べるぞかし。『帚木《ははきぎ》』の雨夜《あまよ》[9]の品定《しなさだ》め、いと見どころ多くはべるめり。『夕顔』は、一筋に、あはれに心苦しき巻にてはべるめり。『紅葉賀《もみぢのが》』『花宴《はなのえん》』、とりどりに艶《えん》におもしろく、えも言はぬ巻々にはべるべし。『葵《あふひ》』、いとあはれにおもしろき巻なり。『賢木《さかき》』、伊[10]勢の御出《い》で立ちのほども艶にいみじ。院[11]隠れさせたまひて後、藤壺《ふぢつぼ》[12]の宮、さま[13]変へたまふほどなどあはれなり。『須磨《すま》』、あはれにいみじき巻なり。京を出《い》でたまふほどのことども、旅の御住まひのほどなど、いとあはれにこそはべれ。『明石《あかし》』は、浦より浦に浦伝ひたまふほど。また、浦を離れて京へおもむきたまふほど。

都[14]出でし春のなげきにおとらめや年経《ふ》る浦を別れぬる秋

などあるほどに、都を出でたまひしは、いかにもかくてやむべきことならねば、またたち帰るべきものとおぼされけむに、多くは慰みたまひけむ、この浦は、または何しにかはと、限りにおぼしとぢめけむほど、ものごとに目とまりたまひけむ、ことわりなりかし。『蓬生《よもぎふ》』、いと艶ある巻にてはべる。『朝顔』、紫《むらさき》の上《うへ》のもの思へるがいとほしきなり。十[15]七の並びの巻の中に、『初音《はつね》』『胡蝶《こてふ》』などは、おもしろくめでたし。『野分《のわき》』[16]の朝《あした》こそ、さまざま見どころありて、艶にをかしきこと多かれ。

（一八八～一九一）

9 男たちが集まって、恋愛体験や女性論を述べ合う場面。

10 六条御息所（ろくじょうのみやすどころ）とその娘の斎宮が伊勢へと向かう場面がある。

11 光源氏の父・桐壺院。

12 桐壺帝の后。光源氏と密通し後の冷泉帝が生まれる。

13 出家すること。

14 光源氏の明石からの帰郷時の詠歌。明石入道一家へ別れの悲しさを伝えている。

15 『源氏物語』の各巻についての考え方として、本の巻に対して並びの巻（付属的な巻を指すか）がある。本の巻の一七番目が「玉鬘」巻であり、「初音」巻以下九帖はその「玉鬘」巻の並びの巻となる。

16 「野分」巻の台風一過の翌朝の場面。

✿コラム

①『源氏物語』の起筆

『源氏物語』という大長編がどのように書かれたのか、それは古くから読者にとっての重大な関心事であった。『無名草子』では「凡夫のしわざ」ではないとして、まずはその能力を高く評価している。執筆の経緯としては、選子《せんし》内親王から上東門院《じょうとうもんいん》（彰子）に執筆の依頼があり、紫式部が書いたという伝承（南北朝時代の注釈書『河海抄《かかいしょう》』などにも同様な記載がある）を載せつつ、またそうではなくて、『源氏物語』を書いたからこそ彰子のもとに召されたという、現代の研究に近い見方も挙げている。さらに、作者自作の『紫式部日記』を挙げ、その内容が引かれているところも重要であろう。

実際の『源氏物語』の執筆については不明な点も多々あり、推測の範囲としか言いようがないのだが、岡一男の『源氏物語の基礎的研究』、また今井源衛の『紫式部』などによって、推論が展開されている。幸いにも『紫式部日記』と『紫式部集』の二点が現存しており、ある程度の状況把握はできるというわけである。とはいえ、その他の資料の決定的不足から、実存した紫式部という人間の伝記的詳細を知るには不十分と言わざるを得ない。そもそも、『源氏物語』すべてを紫式部が書いたのではないという見方さえ古くからあるのである。

※参考文献
玉上琢彌編『紫明抄　河海抄』（角川書店、一九六八）、中野幸一他校注・訳『和泉式部日記　紫式部日記　更級日記　讃岐典侍日記』新編日本古典文学全集㉖（小学館、一九九四）、岡一男『源氏物語の基礎的研究』（東京堂、一九五四）、今井源衛『紫式部』（吉川弘文館、一九六六）、笹川博司『紫式部集全釈』私家集全釈叢書㊴（風間書房、二〇一四）

②『源氏物語』の巻々

『源氏物語』を読むにあたって、五四帖ある巻名を覚えることは、大変重要である。というのは『源氏物語』についての話題をする場合、他の古典文学作品と異なって、巻一とか巻二などという自ずと順番がわかる言い方をしないからである。逆に言えば、巻名とそのおおよそのポジションを知らなければ、『源氏物語』の何を話題にしているかすら不明瞭となる。例えば、「若菜上」巻は一般に言われる第二部の始まりの巻だとか、「橋姫」巻が宇治十帖の始まりだとかは知っておくべき読者側の最低限のマナーとも言えるのである。

巻名の多くは、物語の中で登場人物の詠んだ和歌に由来する。また、その巻で催される行事ごとなどの場合もある。よって、巻名から物語の内容を連想することも可能であろう。

巻名を紫式部自身が付けたのか、また後の読者によって付けられたのか、その判断は難しい。『無名草子』では「こじま」の巻が記されるが、これは現行の「浮舟」巻と考えられている。このような巻名の異称は少なくなく、今でも「匂宮《におうのみや》」巻なのか「匂兵部卿《におうひょうぶきょう》」巻なのか表記が分かれている。どうやら巻名は『源氏物語』の成立とも大きく関わっているようで、鎌倉時代には「巣守《すもり》」巻があったと言うし、私たちの知る現在の「雲隠《くもがくれ》」巻は、その名前だけがあって本文がない。

それぞれの巻のあり方も不思議である。「篝火《かがりび》」巻はとても短いが、「若菜」上下巻は合わせると相当に長い。『源氏物語』中、唯一の上下巻構成もいったい誰が分割したのだろうか。また「竹河」巻や宇治十帖は本当に紫式部が書いたのか、古くから疑義がある。さらに言えば、最後の巻である「夢浮橋《ゆめのうきはし》」巻で本当にこの物語は終わったと言えるのだろうか。今一度、未完説も検証されるべきなのかも知れない。

※参考文献

稲賀敬二『源氏物語の研究　補訂版』（笠間書院、一九八三）、清水婦久子『源氏物語の巻名と和歌―物語生成論へ―』（和泉書院、二〇一四）

❀ 調べてみよう

① 『紫式部日記』から『源氏物語』に関わる部分を探してみよう。

※中野幸一『正訳紫式部日記　本文対照』（勉誠出版、二〇一八）は現代語訳と同時に原文を読むことができる。

② 『源氏物語』以前に作られた長編物語である『うつほ物語』に触れてみよう。

※本文は中野幸一校注・訳『うつほ物語①〜③』新編日本古典文学全集⑭〜⑯（小学館、一九九九〜二〇〇二）が手に取りやすい。学習院大学平安文学研究会編『うつほ物語大事典』（勉誠出版、二〇一三）は、多角的にこの物語を理解することができる。

③『源氏物語』五四帖すべての巻名表記を漢字で記し、またそれらの読み方を確認しよう。

※どの『源氏物語』関連書でも構わないが、岩坪健編著『錦絵で楽しむ源氏絵物語』（和泉書院、二〇〇九）は巻名と梗概を載せており、使いやすい。

④『源氏物語』の中で詠まれた和歌は、その巻名の由来にもなった。『源氏物語』に描かれた和歌を読み解いてみよう。

※高野晴代『源氏物語の和歌』コレクション日本歌人選⑧（笠間書院、二〇一一）がわかりやすい。

⑤『小倉百人一首』にとられた紫式部の詠歌「めぐりあひて」は『紫式部集』の冒頭の一首である。この和歌の本文異同について、影印本で確認してみよう。

※久保田孝夫・廣田收・横井孝編著『紫式部集大成』（笠間書院、二〇〇八）には、実践女子大学本・瑞光寺本・陽明文庫本の三種の影印が掲載されており、本文異同の確認ができる。

⑥『源氏物語』の古注釈書である『河海抄』の世界を深く探求してみよう。

※吉森佳奈子『『河海抄』の『源氏物語』』（和泉書院、二〇〇三）、松本大『源氏物語古注釈書の研究―『河海抄』を中心とした中世源氏学の諸相―』（和泉書院、二〇一八）などを読んでほしい。

第五講　源氏物語の作中人物

―光源氏と薫―

巻々に対する印象批評から、女性そして男性の人物批評へと移る。

この若き人、「めでたき女は誰々《たれたれ》かはべる」と言へば、「桐壺《きりつぼ》の更衣《かうい》、藤壺《ふぢつぼ》の宮。葵《あふひ》の上《うへ》の我から心用ゐ《こころもち》[1]。紫《むらさき》の上さらなり。明石《あかし》も心にくくいみじ」と言ふなり。

また、「いみじき女は、朧月夜《おぼろづきよ》の尚侍《ないしのかみ》。源氏流されたまふもこの人のゆゑと思へばいみじきなり。『いかなる方《かた》に落つる涙にか』[2]など、帝《みかど》のおほせらるるほどなどもいといみじ。朝顔の宮、さばかり心強き人なめり。世にさしも思ひ染《そ》められながら、心強くてやみたまへるほど、いみじくこそおぼゆれ。空蟬《うつせみ》も。それもその方《かた》はむげに人わろき[3]。後に尼姿《あますがた》にて交《まじ》らひゐたる、また心づきなし」など言へば、

（中略）

また、例の人、「男の中には誰々かはべる」と言へば、「源氏の大臣《おとど》の御事は、よし悪《あ》しなど定めむも、いとこと新しくかたはらいたきことなれば、申すに及ばねども、さらでもとおぼゆるふしぶし多くぞはべる。まづ、大内山《おほうちやま》[4]の大臣《おとど》。若くよりかたみに隔てなく慣《な》れ睦《むつ》び思ひ交《か》はして、雨夜《あまよ》[5]の御物語をはじめ、もろとも[6]に大内山を出《い》でつれど行《ゆ》く方《かた》見せぬいさよひの月

1　自制心。

2　「須磨」巻において、涙を流す朧月夜に対し朱雀帝が、自分と光源氏の「いづれに落つるにか」と問う場面がある。

3　体裁が悪い。

4　いわゆる頭中将（とうのちゅうじょう）のこと。

5　いわゆる雨夜の品定めのこと。

6　「末摘花」巻、光源氏の後を末摘花（すえつむはな）邸まで追

と言へる、また、[7]源典侍《げんないしのすけ》のもとにて太刀《たち》抜きて脅《おど》しきこえしやうのことは、言ひ尽くすべくもなし。何事よりも、[8]さばかり煩《わづら》はしかりし世の騒ぎにも障《さは》らず、[9]須磨《すま》の御旅住みのほど尋ねまゐりたまへりし心深さは、世々を経《ふ》とも忘るべくやはある。それ思ひ知らず、よしなき[10]取《と》り娘《むすめ》して、かの大臣《おとど》の女御《にようご》と挑《いど》みきしろはせたまふ、いと心憂《こころう》き御心なり。[11]絵合《ゑあはせ》の折、須磨《すま》の絵[12]二巻《ふたまき》取り出でて、かの女御負けになしたまへるなど、返す返す口惜《くちを》しき御心なり。また須磨へおはするほど、さばかり心苦しげに思ひ入りたまへる紫の上も具《ぐ》しきこえず、せめて心澄まして一筋に行ひ勤めたまふべきかと思ふほどに、明石の入道《にふだう》が婿《むこ》になりて、日暮らし[13]琵琶《びは》の法師と向かひゐて、琴弾《ことひ》き澄ましておはするほど、[14]むげに思ひどころなし。

（中略）

薫《かをる》大将、はじめより終はりまで、さらでもと思ふふし一つ見えず、返す返すめでたき人なんめり。まことに光源氏の御子にてあらむだに、母宮のものはかなさを思ふにはあるべくもあらず。[15]紫の御腹《はら》などならばさもありなむ。すべて、物語の中にも、まして現《うつつ》の人の中にも、昔も今も、かばかりの人はありがたくこそ」など言へば、

（一九一〜二〇二）

ってきた頭中将が詠みかけた歌。意は、一緒に宮中を出たのに、あなたは入る方を見せぬ十六夜の月のように、行き先をくらまそうとしたのですね。

7　好色な老女。光源氏とも頭中将とも関係を持つ。当該場面は「紅葉賀」巻。

8　右大臣家専制の時代。

9　「須磨」巻に、蟄居（ちっきょ）する光源氏を見舞い、旧交を温める場面がある。

10　養女。「絵合」巻において、光源氏が六条御息所（ろくじょうのみやすどころ）の遺児（秋好（あきこのむ））の後見をして冷泉帝に入内させ、頭中将（当時は権中納言）の娘弘徽殿（こきでん）女御と競わせたことを言う。

11　「絵合」巻、帝の御前で行われた物語絵合。

12　光源氏が須磨・明石下向の際に描いた絵。

13　「明石」巻「入道、琵琶の法師になりて」に基づく表現。ただし、設定が合わない。

14　やたらと暢気そうである。光源氏を非難する表現。

15　紫の上の御子。

✿ コラム

①先行研究へのアプローチ

卒業論文では、単に自己の見解を述べるのではなく、それを研究史上に位置付けなければならない。特に『源氏物語』の場合、世尊寺《せそんじ》伊行《これゆき》『源氏釈』（十二世紀中頃成立の注釈書）に始まる八〇〇年を超える研究史がある。そのすべてを読み通した者など誰もいない。

近現代の研究論文を網羅的に調査するには、国文学研究資料館の「国文学論文目録データベース」が便利である。しかしデータベースから論文の質はうかがいしれない。稿者が以前、「夕顔」巻「心あてに」歌の研究史を整理した際には、それをもとに一〇〇～二〇〇編の論文を探し、読破したが、それは学部生にできることではないだろう。そこで便利なのが講座物である。多くの場合、編者が適材適所で原稿を依頼しているため、あるトピックのそれまでの研究成果をおよそ正しく押さえることができる。さらに掘り下げたければ、その論文巻末の注や、付された文献リストを参考にすればよい。

以下、これまで多く編まれた講座物の中でも、特に初学者に目を通してほしいものをいくつか挙げる。

・秋山虔他編『講座　源氏物語の世界』全九巻（有斐閣、一九八〇～四）

※各巻の研究上の問題点を押さえ、平易な文章でまとめている。

・今井卓爾他編『源氏物語講座』全一〇巻（勉誠社、一九九一～三）

※各巻及び収録論文のタイトルを眺めるだけでも、それまで『源氏物語』研究においてどのような問題がクローズアップされてきたかがわかる。

・森一郎編著『源氏物語作中人物論集』（勉誠社、一九九三）

※四三編の書き下ろしの作中人物論を収録。巻末の「源氏物語作中人物論・主要論文目録」も利便性が高い。

・鈴木一雄監修『源氏物語の鑑賞と基礎知識』全四三巻（至文堂、一九九八〜二〇〇五）

※巻別の注釈書だが、基本用語解説や補助論文が充実しており、各巻末に論文（再録・書き下ろしともにあり）も収録する。最終巻の総索引が便利。

・伊井春樹監修『講座　源氏物語研究』全一二巻（おうふう、二〇〇六〜八）

※「海外における源氏物語」「源氏物語の現代語訳と翻訳」など、享受史に詳しい。

・西沢正史・室伏信助監修『人物で読む源氏物語』全二〇巻（勉誠出版、二〇〇五〜六）

※主要登場人物三一人について関連論文（再録・書き下ろしともにあり）を収録し、人物ごとの研究史をまとめる。なお、文中でふれた拙稿はそのうち『⑧夕顔』に収録された「研究史・研究ガイドライン・主要参考文献目録」である。

②作中人物論の可能性

物語の魅力とは、その作中人物の個性に負うところが大きい。だからこそ『無名草子』も「めでたき女」、「いみじき女」、「好もしき人」と項目分けしながら、多くの人物名を挙げているのであろう。では、現代においても作中人物論は可能か。卒業論文でそれを考えたい方は、まず吉海直人「人物論の再検討」(『源氏物語の鑑賞と基礎知識　⑧夕顔』至文堂、二〇〇〇)や、原岡文子・吉海直人・上原作和「座談会　作中人物論の回顧と展望」(『人物で読む源氏物語　①桐壺帝・桐壺更衣』勉誠出版、二〇〇五)を一読されたい。とりわけ、吉海の以下の言は耳が痛いが、指摘の通りであろう。

登場人物の全登場場面を抽出・網羅し、それを単純につなぎ合わせるだけで、いとも簡単に人物の物語を構築する気軽さ、主観的判断に基づく好き嫌いを結論とする感想文的安易さ、また作中人物にすぐに作者を投影させるような短絡的な人物論の多くは、およそ学問という名に値しない。

それらの課題を乗り越えた、作品の本質と関わる新たな作中人物論の誕生を期待したい。

❀ 調べてみよう

①「めでたし」について、その語義を辞書で調べてみよう。

※最も大型の国語辞典として『日本国語大辞典　第二版』(小学館、二〇〇〇〜二)があるが、平安時代における用例・用法に限定した場合、『角川古語大辞典』(角川書店、一九八二〜九九)や『小学館古語大辞典』(小学館、一九九四)の方が便利かと思われる。

②「葵の上」とは後代の読者による命名であり、物語本文中にその語はない。では作中で彼女は何と呼ばれているのか、調べてみよう。

※林田孝和他編『源氏物語事典』（大和書房、二〇〇二）は、作中人物の項において、その主な呼称をあげる。「葵の上」で引いてみよう。

③朧月夜《おぼろづきよ》の存在が光源氏須磨下向の原因との記述が本講引用の本文にあるが、二人をめぐり何があったのか。「賢木」巻末の記事を読んでみよう。

④朝顔の宮（姫君）の登場場面を追い、彼女と光源氏との関係性について考えてみよう。

※阿部秋生他校注・訳『源氏物語⑥』新編日本古典文学全集㉕「源氏物語主要人物解説」（小学館、一九九八）で「朝顔の姫君」の項を探せば、朝顔の宮の登場場面をすべて確認できる。また上原作和編『人物で読む源氏物語　⑭花散里・朝顔・落葉宮』（勉誠出版、二〇〇六）には、朝顔の宮を論じた論文が収録されている。それらを読んで、人物像を考えてみよう。

⑤光源氏の須磨下向の背景に、何があったのか。『源氏物語の鑑賞と基礎知識　②須磨』（至文堂、一九九八）収録の補助論文（二二～三、二八～九、三四～五頁）を読んで、考えてみよう。

⑥頭中将《とうのちゅうじょう》との関係などをもとに光源氏が批判されるのに対し、薫は手放しで賞賛されるが、その理由はどこにあるのか。物語を読んで、薫の人物像について考えてみよう。

第六講　「少年の春」の行方
—狭衣物語—

『源氏物語』について、「あはれなること」「いみじきこと」と、特定のテーマに基づき場面・和歌があげられた後、話題は次の物語に移る。

また、「物語の中に、いみじとも憎しともおぼされむこと、おほせられよ」と言へば、「そもそらには」などはばかりながら、「『狭衣《さごろも》』こそ、『源氏』に次ぎては世覚《おぼ》えはべれ。『少年の春は』とうちはじめたるより、言葉遣ひ、何となく艶《えん》にいみじく、上衆《じやうず》めかし[1]くなどあれど、さして、そのふし[2]と取り立てて、心に染《し》むばかりのところなどはいと見えず。また、さらでもありなむとおぼゆることもいと多かり。

（中略）

道芝《みちしば》[3]、いとあはれなり。『明日は淵瀬《ふちせ》に』[4]と言ふより、

天《あま》の戸[5]をやすらひにこそ出《い》でしかとゆふつけ鳥よ問はば答へよ

など言ふほども。

早き瀬[6]の底の水屑《みくづ》となりにきと扇《あふぎ》の風の吹きもつたへよ

などあるも。

（中略）

さらでもありぬべきことども。大将[7]の笛の音《ね》めでて、天人の天降《あまくだ》りたること。粉河《こかは》[8]に

1　貴人らしい。上品である。
2　具体的にどこといって。
3　飛鳥井女君。
4　主人公狭衣の歌「飛鳥川明日渡らんと思ふにも今日のひる間はなほぞ恋しき」（飛鳥川は明日渡ろう、つまり、そちらには明日行こうと思いますが、今日の昼間はやはりあなたが恋しくてなりません）への返歌。「渡らなん水増さりなば飛鳥川明日は淵瀬になりもこそすれ」。意は、今日渡って下さい、つまり、今日来て下さい、増水したならば飛鳥川は明日には浅い瀬が深い淵になってしまうかもしれません。
5　独詠歌。意は、私は夜

て普賢《ふげん》の現《あらは》れたまへる。[9]源氏の宮の御もとへ、賀茂《かも》大明神の御懸《け》想文《さうぶみ》遣はしたること。夢はさのみこそと言ふなるに、あまりに現兆《げんてう》なり。[10]斎院の御神殿《かうどの》鳴りたること。

何事よりも何事よりも、[11]大将の、帝《みかど》になられたること、返す返す見苦しくあさましきことなり。めでたき、才《ざえ》、才覚すぐれたる人、世にあれど、[12]大地六反《ろくへん》震動することやはあるべき。いと恐ろしく、まことしからぬことどもなり。源氏の、院になりたるだに、さらでもありぬべきことぞかし。されども、それは正《ただ》しき皇子《みこ》にておはする上に、冷泉《れいぜい》院《ゐん》の位《くらゐ》の御時、我が御身のありさまを聞きあらはして、ところ置きたてまつりたまふにてあれば、さまでの咎《とが》にはあるべきにもあらず。太上天皇《だいじやうてんわう》になずらふ御位は、ただ人も賜はる例もあるを、これは、今少し奇《くす》しくまねびなされたるほどに、いと見苦しきなり。さりとて、帝の御子にてもなし。孫王《そんわう》にて、父大臣《おとど》の世より姓《しやう》賜はりたる人の、いとあさましきことなり。何の至りなき女のしわざと言ひながら、むげに心劣りこそしはべれ。[13]大臣さへ院になりて、堀川院《ほりかはゐん》と申すかとよな。物語といふもの、いづれもまことしからずと言ふなるに、これは殊《こと》の外《ほか》なることどもにこそあんめれ。

（二二〇〜二二四）

明けにためらいながら出て行ったと、鶏よ、あの人が尋ねたならば答えておくれ。

6　入水前に扇に書き付けた歌。意は、流れの速い虫明（むしあけ）の瀬戸の底の水屑になってしまったと、扇の風よ、あの人に吹き伝えてほしい。

7　宮中での管弦の遊びで狭衣が横笛を吹いたところ、天稚御子（あめわかみこ）が魅せられ降臨した（巻一）。

8　粉河寺は紀伊国の寺。そこで狭衣が勤行をした際に普賢菩薩が現出した（巻二）。

9　故先帝の内親王で、狭衣の思い人。賀茂の神から斎院になるべき神託が下った（巻二）。

10　狭衣の琴の音に神殿が鳴動した（巻三）。

11　コラム②参照。

12　大地が六回震動する。『法華経』「提婆達多品（だいばだったほん）」に拠るものだが、現存する『狭衣物語』にそのような表現はない。

13　子の狭衣の即位に伴い院号を受ける（巻四）。

✿ コラム

①物語の書き出し

『狭衣物語《さごろも》』は、以下の書き出しを持つ（巻一・一七頁。「新編日本古典文学全集」の頁数。以下同）。

少年の春は惜しめども留《とど》まらぬものなりければ、三月《やよひ》も半ば過ぎぬ。御前《おまへ》の木立、何となく青みわたれる中に、中島の藤は、松にとのみ思ひ顔に咲きかかりて、山ほととぎす待ち顔なり。池の汀《みぎは》の八重山吹は、井手《ゐで》のわたりにやと見えたり。光源氏、身も投げつべし、とのたまひけんも、かくやなど、独り見たまふも飽かねば、侍童《さぶらひわらは》の小さきして、一房づつ折らせたまひて、源氏の宮の御方へ持て参りたまへれば、御前に中納言、少、中将などいふ人々、絵描き彩りなどせさせて、宮は御手習せさせたまひて、添ひ臥してぞおはしける。

『白氏文集』収録の漢詩や、勅撰集収録の和歌が多く踏まえられた、技巧的で華やかな文章である。主人公狭衣が、従姉妹でありながら兄妹のように育った源氏の宮に山吹と藤を届ける場面が突然描き出される。それまでの物語が主人公の出自紹介や時代設定から始められたのに比べ、極めて異例な書き出しである。本講引用箇所において、「『少年の春は』とうちはじめたるより」と言及されているのも、その特殊性に基づくと思われる。

②異常な皇位継承

『無名草子』はこの物語の主人公狭衣の皇位継承を、「返す返す見苦しくあさましきこと」と非難する。その際「さらでもありぬべき」類例としながら、最終的には「さまでの咎にはあるべきにもあらず」と肯定評価されるのが、『源氏物語』光源氏の「太上天皇になずらふ御位」(「藤裏葉」巻)への即位である。両者への評価の違いは、その地位へと至る合理性の有無である。

『源氏物語』では、「薄雲」巻において冷泉帝が、自身の実父が故桐壺院ではなく内大臣光源氏であると夜居《よい》の僧都《そうず》から知らされる。実父が臣下の立場にあることを畏《おそ》れ多く感じた帝は、その位を光源氏に譲ろうとするが固辞される。そこで妥協案として考え出されたのが「太上天皇になずらふ御位」であった。

それに対し『狭衣物語』では、あるとき突然斎宮に天照大御神《あまてらすおおみかみ》が憑依し、「顔かたち、身の才よりはじめ、この世には過ぎて、ただ人にてある、かたじけなき宿世《すくせ》・ありさま」(巻四・三四三頁)の狭衣大将を帝位に就《つ》けるよう告げ、にわかにそれが実現される。こちらも『源氏物語』同様、若宮(表向きは嵯峨院と皇太后宮の皇子だが、実は狭衣と女二宮の子)が先に即位すると、親が臣下として子に仕えることになる問題が背景にある。とはいえ、その解決方法があまりに唐突で、説得力を欠くのである。

また光源氏は帝の皇子、つまり一世の源氏であるのに対し、狭衣が二世の源氏(帝の子であった父の代において、すでに臣籍に下っている)であることも、その即位が合理性を持たぬ理由として、『無名草子』は指摘する。

その他、このくだりにおいて、多くの要素が「さらでもありぬべきことども」として列挙されている。それを考えた場合、語り出しの「『狭衣』こそ、『源氏』に次ぎては世覚えはべれ」は、世評は高いが私はそれほど評価しない、という女房の宣言と解せよう。

❀ 調べてみよう

①『狭衣物語』の作者は六条斎院宣旨《せんじ》（源頼国《よりくに》の娘、斎院禖子《ばいし》内親王の女房）とする説が有力だが、その根拠の一つに『僻案抄《へきあんしょう》』（藤原定家による三代集（古今・後撰・拾遺）の注釈書）の記事がある。「群書類従《ぐんしょるいじゅう》」第一六輯《しゅう》 和歌部二一七頁「をかたまの木」の項から、その記事を探してみよう。

※「群書類従」はWEBデータベース「ジャパンナレッジ」でも読むことができる。

②六条斎院宣旨は、勅撰歌人（勅撰集に歌が採録された歌人）である。では八代集《はちだいしゅう》（古今〜新古今）のうち、どの歌集に何首採られているのか、調べてみよう。できればその歌を読んでみよう。

※八代集は、いずれも「新日本古典文学大系」（岩波書店）で読むことができる。なお、別冊の『八代集総索引』には、「各句索引」「作者名索引」「詞書等人名索引」「歌語索引」「地名索引」が搭載されている。この場合、「作者名索引」を利用すること。

③『狭衣物語』とは、どのような内容の物語か。小町谷照彦・後藤祥子校注・訳『狭衣物語①②』新編日本古典文学全集㉙㉚（小学館、①は一九九九、②は二〇〇一）の各巻の梗概を読んでみよう。

④「コラム」において引用した物語冒頭部「少年の春は～」は、『白氏文集』巻第十三律詩「春中《しゅんちゅう》盧《ろ》四周《ししゅう》諒《りょう》と華《か》陽観《ようかん》に同じく居《い》る」に基づく。その漢詩を探して読んでみよう。

※注釈書としては、岡村繁『白氏文集　三』新釈漢文大系(99)（明治書院、一九八八）などがある。なお、『白氏文集　十三』新釈漢文大系(109)（明治書院、二〇一八）は、「作品名索引」「語彙索引」「日本文学関連作品名索引」を装備する。

⑤『狭衣物語』は、写本間の本文の異動が甚だしい。そこで、狭衣物語研究会編『狭衣物語全註釈Ⅰ　巻一（上）』（おうふう、一九九九）を用いて、巻一冒頭部の系統間の違いを確認してみよう。

※小町谷照彦・後藤祥子校注・訳『狭衣物語①』新編日本古典文学全集㉙の解説「二　テキストの様態」でも、それを比較対照できる。

⑥『狭衣物語』は、中世において様々な改作本が作られた。神田龍身・西沢正史編著『中世王朝物語・御伽草子事典』（勉誠出版、二〇〇二）「御伽草子（室町物語）の作品解説」の「狭衣」の項を読んでみよう。

⑦『狭衣物語』の和歌は、藤原定家編『百番歌合』において『源氏物語』の和歌と左右に番《つが》えられている。では、どの和歌がそこに採録されているのか調べてみよう。

※三角洋一・高木和子『物語二百番歌合／風葉和歌集』和歌文学大系㊿（明治書院、二〇一九）。なおハンディーなものとして樋口芳麻呂校注『王朝物語秀歌選　上』（岩波書店、一九八七）がある。

第七講　改作への挑戦
―今とりかへばやへ―

話題は、着想はそのままに、大胆な改作によって原作より格段に面白くなった『とりかへばや』へと移る。物語の出来映えを高く評価しつつも、登場人物に対する批評は具体的でなかなか手厳しい。

『[1]とりかへばや』こそは、続きもわろく、もの恐ろしく、[2]おびたたしき気《け》したるもののさま、なかなか、いとめづらしくこそ思ひ寄りためれ。思はずに、あはれなることどもぞあんめる。歌こそよけれ。（中略）

[3]など。ただ今聞こえつる『今とりかへばや』などの、もとにまさりはべるさまよ。何事もものまねびは必ずもとには劣るわざなるを、これは、いと憎からずをかしくこそあめれな。言葉遣ひ、歌なども悪《あ》しくもなし。おびたたしく恐ろしきところなどもなかめり。もとには、[4]女中納言のありさまいと憎きに、これは、何事もいとよくこそあれ。かかるさまになる、[5]うたてけしからぬ筋にはおぼえず、まことに[6]さるべきものの報《むく》いなどにてぞあらむ、と推し量られて、かかる身のありさまをいみじく口惜しく思ひ知りたるほど、いといとほしく。[7]尚侍《ないしのかみ》もいとよし。中納言の女になりかへり、子生むほどのありさまも、尚侍の男になるほども、これはいとよくこそあれ。もとのは、もとの人々皆失《う》せて、いづこなりしともなくて、新しう出《い》で来たるほど、いとまことしからず。これは、かたみにもとの人になり代はりて出で来たるなど、[8]かかること思ひ寄る末ならば、かく

1　散逸（さんいつ）して今に伝わらない物語。原作。
2　大げさな感じ、の意か。
3　どうしてでしょう。
4　主人公。女性として生まれたが、元服し、男性官人として出仕。
5　いやな感じで、とんでもない趣向。
6　しかるべき何かの報いなのだろう。
7　女中納言の兄弟。裳着（もぎ）を行い女性官人として出仕。
8　こういう趣向を思いついたのなら、こうすればよかったのだと思われる。

こそすべかりけれとこそ見ゆれ。
[9]四の君ぞ、これは憎き。上《うへ》はいと[10]おほどかに、らうたげにて、「[11]春の夜も見るわれからの月なれば心尽くしの影となりけり」と詠《よ》むも、何事の、いかなるべし、と思ひて、さばかりまめに分くる心もなき人を持ちながら、心尽くしに思ふらむ、と思ふだに、[12]おいらかならぬ心のほど、ふさはしからぬを、「[13]上に着る小夜《さよ》の衣《ころも》の袖《そで》よりも人知れぬをばただにやは聞く」と詠みたるこそ、いとうたてけれ。
また、[14]宮宰相《さいしやう》こそ、いと心おくれたれ。さしも深くものをおぼえずは、[15]なでふ、至らぬ隈《くま》なき色好《いろこの》めかしさをか好まるる。女中納言とりこめて、今はいかなりとも、と心安く思ひあなづるほど、まづいとわろし。さばかりになりたる身を、さしもてやつして、さるめざましき目を見てあるべしと、何事を思ふべきぞ。また、その後《のち》、正《まさ》しき男になりて出で交《まじ》ろはむを、女なる四の君だに、『[16]ありしそれとも思はぬは』とこそ詠みたるに、けざやかに、さしも向かひ見る見る、あらぬ人ともいと思ひも分かぬほど、むげに言ふかひなし。まづ、この人の身のありさまを思はむにも、[17]かの麗景殿《れいけいでん》の尚侍の、静まり、つきづきしくひきくくみて、かくべくもあらざりし気色《きそく》を思ひ合はせよかし」と言へば、また、「それもさま異《こと》にて。吉野の中の君、婿取《むこど》られて、さばかりの恨み残りたりしあたり、と思ひ知られで、ほけありくなどこそいみじく心劣りすれ」など言ふ。

（二四〇～二四六）

9 女中納言の形だけの妻。
10 おっとりしていてかわいらしい感じでありながら。
11 女中納言不在の折に四の君が詠んだ歌。この歌がきっかけで、宮宰相と四の君の密通事件が起きる。
12 まっすぐでない、の意。
13 形ばかりの夫である女中納言と密通相手の宮宰相は同時に昇進した。うわべだけ夫婦を装っている夫よりも人知れぬ関係を繋いでいる密通相手の昇進に心が動くという。
14 四の君の密通相手であるだけでなく、女中納言の男装を見破り、異性装解除の原因となった。両方と関係する。
15 どうして誰にでも心を寄せる色好みを気取るのか。
16 「見しままのありしそれとも思はぬは我が身やあらぬ人や変はれる」（巻三）
17 現存本では、尚侍は宣耀殿（せんようでん）にいる。

❀ コラム

①伝本・書名

かつては、二つの『とりかへばや』が存在していた。現存するのは作り替えられた『今とりかへばや』の方である。『無名草子』は、散逸《さんいつ》して今に伝わらない原作（オリジナル）を『とりかへばや』、新たに作り出された物語を『今とりかへばや』と称している。『無名草子』が成立した時代に近い「今の世」の人が、男女の入れ替わりの趣向はそのままに、性を異にするよく似たきょうだいの入れ替わりの物語として大胆に作り替えた『今とりかへばや』が原作を凌駕して、支持を得た。改作前の物語を『古とりかへばや』と呼ぶこともある。その内容は、『無名草子』のほか、『物語二百番歌合』や『風葉和歌集』に採られている歌などから推測するしかないが、目を背けたくなるような場面や、非現実的な内容を含んでいたらしい。歌をはじめ見どころはあったものの、やがて散逸、区別されることはなくなった。

江戸時代に和学者たちが書写を繰り返したことにより、現存する伝本は一〇〇本に及ぶが、諸本間に目立った異同はない。ただし、ほとんどの伝本に共通する十数字分の欠脱がある。欠けているのは経文と考えられるが、いつ欠脱したのかは判然としない。補入のある伝本が一本のみ確認されているが、後人の書き加えである。現存本は中世最末期か近世初期の一本または数本から派生したと考えられている。『新編日本古典文学全集㊴』は初雁文庫本を、『新日本古典文学大系㉖』は陽明文庫本を底本としている。いずれも、比較的古態を残しているとされる。

「とりかへばや」は「取り替えたい」の意。いったい、何を取り替えたいというのだろうか。『今とりかへばや』の構想を考える際の鍵である。

※参考文献

辛島正雄校注『とりかへばや物語』新日本古典文学大系㉖（岩波書店、一九九二）石埜敬子校注・訳『とりかへばや物語』新編日本古典文学全集㊴（小学館、二〇〇二）、友久武文・西本寮子校注『とりかへばや』中世王朝物語全集⑫（笠間書院、一九九八）、田中新一他『新釈とりかへばや』（風間書房、一九八八）など。

②物語の評価

『とりかへばや』は作り替えられて好評を博した。作者はこの改作を「もとにまさりはべる」と評価し、『隠《かく》れ蓑《みの》』（散逸）についても作り替えを待ち望むことばを記している。「今の世」の人に歓迎されたのである。しかし、物語の評価は時代とともに変わる。とりわけ、近代以降は評価が一変、あまり顧みられない時期があった。きっかけは藤岡作太郎が「醜穢《しゅうわい》読むに堪《た》えず。ただ嘔吐を催すのみ」と断じたことである。この発言は、当時の時代相と無縁ではないが、与えた影響は大きかった。その後、『源氏物語』の亜流と見なす風潮が加わり、評価が低い状態が長く続いたのである。

※参考文献

藤岡作太郎『国文学全史　平安朝篇』（平凡社、一九七一、初出一九〇五）など。

③物語を作り替えるということ

物語はどのように作り替えられたのだろうか。作者は、「ものまねびは必ずもとには劣るわざなるを、これは、いと憎からずをかしくこそあめれな」と言う。途中まで原作の筋書きをなぞりながら次第に離れ、最終的に原作とは異なる世界を作り上げたことで、成功を収めたのである。

ひとつには不自然で非現実的なことを削除し、自然に、現実的に書き換えたこと。「もと」（古本）の難点を挙げ、「これ」（今本）は「よく」なったと具体的に指摘する。次いで、登場人物の造型を大きく変えたこと。主要登場人物「女中納言」「尚侍」「四の君」「宮宰相」について、それぞれ「いといとほし」「いとよし」「憎し」「心遅れたり」と評し、批評する。宮宰相には特に手厳しい。作者が登場人物のどのような境遇に共感し、何に嫌悪感を覚えているのかを考えることで、改作の本質を見極める手がかりが得られるだろう。『無名草子』からは読み取れないが、現存本は、左大臣家に生まれたうりふたつのきょうだいが、心と体の不一致に悩み、異性装をして社会生活を営み、苦悩の果てに互いの役割を入れ替えて栄達する、という筋立てになっている。終盤には「ものの報い」によって栄達への道筋が停滞していた、という種明かしもある。改作によって貴種流離の型を得たのである。

このように、人物造型や破綻のない筋書きへの変更によって、普遍的要素が物語に備わったことが、「今の世」に受け入れられた理由のひとつであろう。結果として、平安朝後期に成立した物語でありながら、現代的な課題を抱え込むことになったのである。しかし、留意すべきは「現在性」の獲得、改作が当時の人々にとって、「いといたきもの」として受け入れられたことである。「今の世」に見合った「見どころ」は何か。時代とどう関わっているのか。皇位継承や後継問題に悩む時の摂関家と無縁ではあるまい。「今の世」の人々を取り巻く環境について、考えてみる必要がありそうである。

もう一つ、作者が生きた時代に、物語を作る、あるいは作り替える力量をもつ人物がいる、と認めていることも重要である。短いながらも平家の人々が政権を取り、駆け抜けた時代である。第二講の参考文献などを手がかりとして、考察を深めてみるとよい。

❀ 調べてみよう

①『とりかへばや』の書名は、何に由来するのか、物語を読んで確認してみよう。

②「かかること思ひ寄る末ならば、かくこそすべかりけれ」と賞讃された男女の入れ替わりは、どのように描かれ、その原因はどう説明されているか、確認してみよう。

③「女中納言」「尚侍」「四の君」「宮宰相」は、それぞれどのように描かれているか、整理してみよう。

④研究史を調べてみよう。最近は、男女の入れ替わりの趣向を「異性装」ということが多いが、研究史の中ではどんな用語が用いられているか、あわせて確認してみるとよい。現代的な課題が認められることが理解されよう。『とりかへばや物語』新編日本古典文学全集㊴に「参考文献」が掲載されている。

⑤古典に限らず、日本に限らず、異性装を扱う文学作品は多い。どんな作品があるか、調べてみよう。

第八講　失われた物語たち
—海人の刈藻・末葉の露—

引き続き物語批評が続くが、ここでは、現在に伝わることのなかった、いわゆる散逸物語について語られている。そのうち『海人の刈藻』と『末葉の露』を見てみる。

今様《いまやう》[1]の物語にとりては、『海人《あま》の刈藻《かるも》』こそ、しめやかに艶《えん》あるところなどはなけれども、言葉遣《ことばづか》ひなども、『世継《よつぎ》』[2]をいみじくまねびて、したたか[3]なるさまなれ。物語のほどよりは、あはれにもあり。

一条院の西の対《たい》に、権中納言、三位中将《さんみのちゆうじやう》住みたまふに、蔵人少将《くらうどのせうしやう》、内裏《うち》の御使ひにまうでて見るに、おのおの住みたまへるさまどもこそ、とりどりにいみじけれ。中にも、権中納言は琵琶《びは》忍びやかに調べつつ、『従冥入於冥永不聞仏名《じゆみやうにふおみやうやうふもんぶつみやう》』[4]と口ずさみたまへるほどこそいみじけれ。

（中略）

また、関白殿、大将殿などの、おのおの清き北の方持ちたりと言ひながら、おのづから散る[5]心なく、上《うへ》の御はらからたちのさばかり美しきを、塵《ちり》ばかりも思ひかけぬこそ、むげにさうざうし[6]けれ。

中宮の御産の御祈りの仏の多さこそ、まことしからね。また、何事よりも、権大納言の即身成仏《そくしんじやうぶつ》[7]こそ、返す返す口惜しけれ。法師になりたるあはれ、皆醒《さ》めて、『寝覚《ねざめ》』[8]の

1　現代風の物語。比較的新しい物語作品をいう。
2　『栄花物語』を指すか。
3　しっかりしている様子。
4　『法華経』「化城喩品（けじようゆほん）」の一節。
5　目移りすることなく。
6　物足りないこと。
7　生身の身体のまま仏となること。

中の君のそら死《じに》[9]にも劣らぬほどの口惜しさ」など言ふ。

「人、『末葉《すゑは》の露《つゆ》』『海人の刈藻』と一手《ひとて》[10]に申すめれど、言葉遣《ことばづか》ひなどもむげにただありにぞあんめる。

皇太后宮《くわうたいこうぐう》の御振る舞ひ、心ざまこそ、返す返すめでたけれ。すべてそのあたりは、いと心にくくいみじくおぼゆ。また、源中将こそ、そなたざまの人々と言ひつべくて、心にくけれ。宰相中将《さいしやう》の、病《やまひ》よくなりて参りたるに、行き逢《あ》ひて、うち見て、ただ腰礼《こしうや》[11]ばかりうちして行き過ぎたるなどこそ、いみじく妬《ねた》けれ。物《もの》の怪《け》[12]のしわざなれども、宰相中将の心、ただ変りに変るこそ、いとあさましく、あはれなれ。

また、大将の失《う》せのほど、正月に、随身《ずいじん》[13]が服いと黒くて参りたるところなどこそ、あさましく、あはれなれ。

また、をかしきこともあんめり。有智《うち》[14]の得業《とくごふ》が酔《ゑ》[15]ひ狂ひなどもをかし。さても思ひ出《い》[16]でもなき宰相中将、たち返りてばかりめでたき。

前関白大将、何事もおほよそにうち見て、わづかに東宮女御《とうぐうのにようご》、蔵人少将など出だし入れて、女[17]の果報《くわほう》こそいと口惜《くちを》しけれ。

（二四八〜二五二）

8 平安時代後期の物語『夜の寝覚』のこと。
9 偽死事件。
10 一まとまり。特に二つのものがまとまった一組。
11 腰をかがめて、軽く礼をすること。
12 人に憑りつく霊異。物語文学においては死霊と生霊とがある。
13 貴人の身辺に付き従う者。
14 仏教諸宗派で定める学業・修行を一定段階まで完了した僧。経典に通じている。
15 ひどく酔っぱらっている様子。
16 記憶がないこと。
17 女に関わる前世からの報い。女運。

✿ コラム

①散逸物語《さんいつ》

散逸物語とは、平安時代以降に作られた物語のうち現在まで伝わらなかったものをいう。これらの物語は、題名や登場人物、作中和歌などが他の文献に伝わっていたため、その存在が確認できるので、完全に失われたという意味にはならない。『夜《よる》の寝覚《ねざめ》』や『浜松中納言物語《はままつちゆうなごん》』のようにその一部が失われたものについても、ある種の散逸物語とする考えもあり、その定義は難しい。

平安時代の説話集『三宝絵《さんぼうえ》』には、当時、多くの物語の存在したことが書かれており、十数点に留まる現存の物語に比べてみれば、むしろ散逸物語の方が数量的に多かったのは明らかである。『無名草子』もそうだが、『拾遺百番歌合《しゆういひやくばんうたあわせ》』（『物語二百番歌合』の後半部）や『風葉和歌集《ふうよう》』などの物語和歌集によっても、散逸物語のある程度の復元は不可能ではない。また、こうした復元を目指した研究成果もある。ただし、これらの復元作業にはかなりの想像力を要する面もあり、時にわからないところはわからないとする勇気も必要である。

散逸物語のうち、『住吉物語《すみよし》』や『海人《あま》の刈藻《かるも》』のように、後代に改作本が作られ、その改作本だけが現存する場合がある。また、『夜の寝覚』の改作本である中村本は、本作の散逸部分との関連で興味を惹くが、多くの改作本がそれらの散逸原本の内容を踏襲している面はおおよそ認められる。また、古筆切《こひつぎれ》資料のうちにも、散逸物語の断簡《だんかん》であると推定されるものも多く、その復元に役立っている。

※参考文献

樋口芳麻呂校注『王朝物語秀歌選』〈上下巻〉（岩波文庫、一九八七〜九）、名古屋国文学研究会『風葉和歌集新注』新注和歌文学叢書⑳㉓㉘〜（青簡舎、二〇一六〜）、三角洋一・高木和子『物語二百番歌合／風葉和歌集』和歌文学大系㊿（明治書院、二〇一九）、松尾聰『平安時代物語の研究―散佚物語四十六篇の形態復原に関する試論―改訂増補』（武蔵野書院、一九六三）、小木喬『散逸物語の研究　平安・鎌倉時代編』（笠間書院、一九七三）、樋口芳麻呂『平安・鎌倉時代散逸物語の研究』（ひたく書房、一九八二）、神野藤昭夫『散逸した物語世界と物語史』（若草書房、一九九八）、田中登他『寝覚物語欠巻部資料集成』（風間書房、二〇〇二）

②『海人の刈藻』

『無名草子』に著される『海人の刈藻』は古本《こほん》の方である。現存本は後代の改作本であり、『中世王朝物語集②』（笠間書院）に全文が収載されている。古本の作中和歌は『拾遺百番歌合』に三首、『風葉和歌集』の四首（うち二首は『拾遺百番歌合』と重複）に収載されているが、現存改作本にこれらの和歌は見られない。『無名草子』の記述を見てもそうだが、古本と改作本に相違点のあろうことは、十分に想定できる。それでも、ここはむしろ両者の共通点の多いであろうことを重視したい。というのは、改作本からの情報は古本を復元する上でも効果的に用いるべきだからである。

さて、改作本『海人の刈藻』は、兵部卿宮《ひょうぶきょうのみや》の遺児である大納言が藤壺女御《ふじつぼにょうご》を見そめる。契りを結び、若君が生まれるが、会う時がなく、思い悩み、出家、往生してしまう。悲恋遁世譚《ひれんとんせいたん》を中心にして、約九年間の宮廷生活を年代記風に描いている。話型としては男君が遁世する「しのびね型」であると言えようが、最後の往生の場面は現実感覚から離れた荒唐無稽な表現となっている。

※参考文献

妹尾好信校訂『海人の刈藻』中世王朝物語全集②（笠間書院、一九九五）、神田龍身・西沢正史編『中世王朝物語・御伽草子事典』（勉誠出版、二〇〇二）

③『末葉《すえば》の露《つゆ》』

『末葉の露』は散逸物語の一つである。『無名草子』のここでの記載だけでなく、『拾遺百番歌合』に作中和歌三首、『風葉和歌集』に同じく一〇首（詞書にある和歌も含める。うち二首は、『拾遺百番歌合』と重複）が収載されている。また『玉葉《ぎょくよう》』治承三年（一一七九）八月三十日条、『明月記《めいげつき》』貞永二年（一二三三）三月二十日条にその題名が載っている。

残された資料から推察すると、『末葉の露』は主人公と彼が秘かに愛する女院との間を中心に、恋や死を語る物語であったらしい。物の怪の登場、また記憶の喪失など、物語のテーマとして興味深い内容が含まれている。また、この物語の登場人物が多いことから、長編であった可能性もある。『無名草子』によると、この物語は一般に『海人の刈藻』と一まとまりで扱われていたようで、両者が「しのびね型」という共通の話型を持っていたことが示唆される。

❀ 調べてみよう

①『無名草子』に記載された散逸物語の題名を、すべて挙げてみよう。

※テキストは、久保木哲夫他校注・訳『松浦宮物語　無名草子』新編日本古典文学全集㊵（小学館、一九九九）などを参照すること。

②『無名草子』に記載された散逸物語のうち三作品を、『拾遺百番歌合』や『風葉和歌集』にも見られるかどうか探してみよう。また、そこに収載されている和歌を詞書とともに抜き出してみよう。

③『無名草子』に記載のある散逸物語を一作品選び、そのストーリーを復元してみよう。

※先行研究を見る前に、まずは自分自身で調べ、考えること。

④「中世王朝物語全集」（笠間書院、一九九五〜）の中から興味を持てそうな作品を一つ選び、その内容と特徴をまとめてみよう。

⑤物語文学には「物の怪」なるものがよく登場する。『源氏物語』に登場する死霊と生霊について調べてみよう。

※藤本勝義『源氏物語の〈物の怪〉』（笠間書院、一九九四）など。

第九講　実話ベースの歌物語
―伊勢物語・大和物語―

すべて「今の世の物語」には『狭衣』の天人降下や『夜の寝覚』の擬死事件など、非現実的で仰々しい設定が多くて興ざめなのが残念だという結論になった。それが作り物語の限界だと言うのである。

[1]例の若き声にて、

「思へば、皆これは、されば偽《いつは》り、そら事なり。まことにありけることをのたまへかし。『伊勢物語』『大和物語』などは、げにあることと聞きはべるは、返す返すいみじくこそはべれ。それも少しのたまへかし」

と言へば、

「『伊勢物語』など申すは、ただ[2]業平《なりひら》が[3]好き心のほど見せむ[4]料《れう》に[5]したるものにこそはべれ。誰かは、世にあるばかりの人の、高きも、下《くだ》れるも、少しものおぼゆるほどの人、『伊勢』『大和』など見おぼえぬやははべる。さればこまかに申すに及ばず。[6]隅田《すみだ》川のほとりにて[7]都鳥《みやこどり》に[8]言問《ことと》ひ、[9]八橋《やつはし》のわたりにて慣《な》れにし妻を恋ひたるなど、都の外《ほか》まで[10]あくがるらむも、ただかの[11]至らぬ隈《くま》なきしわざにこそはべるめれ。『大和物語』と申すも、ただかやうの[12]同じ筋のことなれば、[13]とどめはべりなむ。誰も御覧じおぼえたることとなれば。そのうちの歌のよし悪《あ》しなどは、『古今集』などを御覧ぜよ。これによきとおぼしき歌は入《い》りはべるべし」

（二五八〜二五九）

1　話をしている一座の女房の中で、いつも新たな話題の引き出し役をしている若い女房の声で。

2　在原業平（八二五〜八八〇）。平城（へいぜい）天皇の孫で、皇族として生まれたが、幼くして臣籍に降下した。和歌をよくし、六歌仙の一人に数えられる。

3　色好みな心。風流心とも解釈できるが、後文との整合性から言えば、好色心であろう。

4　目的。材料の意とも。

5　書いたものですよ。物語を書くことを「す」と言っている。日記を書くことを「日記す」という類。

6　武蔵国と下総（しもうさ）国の境界を流れていた川。現在は東京都東部を流れる。

7 ユリカモメのこととされる。カモメ科の渡り鳥。

8 ものを尋ね。「言問ふ」は質問する意。『伊勢物語』第九段の「名にしおはばいざ言問はむみやこどりわが思ふ人はありやなしやと」の歌を詠んだことをさす。現在も故地として、東京都墨田区と台東区の間の隅田川に架かる言問橋（ことといばし）の名が残る。

9 三河国の地名。カキツバタの名所で、現在の愛知県知立（ちりゅう）市にある無量寿寺（むりょうじゅじ）がその遺跡という。『伊勢物語』第九段で「から衣きつつなれにしつましあればはるばるきぬるたびをしぞ思ふ」という歌が詠まれた地。

10 さまよい出る。放浪する。「東（あずま）下り」の旅をさす。

11 行き届かないところがない。ここでは、好色心が極めて旺盛であることをいう。

12 同じ好色の方面。

13 話すのをやめましょう。

✾ コラム

①『伊勢物語』と在原業平《ありわらのなりひら》

『伊勢物語』には、主人公の男の実名は記されず、「男」とぼかした言い方がされるのみだが、明らかに実在人物をモデルにしている。それは九世紀に活躍した歌人で、六歌仙の一人に数えられる在原業平である。最終段で男が詠んだ「つひにゆく道とはかねて聞きしかどきのふけふとは思はざりしを」の歌は、『古今和歌集』巻第一六・哀傷・八六一に「なりひらの朝臣」の作として載ることからもそれがわかるが、『古今和歌集』に業平の作として収録された三〇首の和歌はすべて『伊勢物語』に主人公の男が詠んだ歌として載っているのである。『伊勢物語』には主人公の男を「在原なりける男」（第六五段）と記したり、業平その人を指す「在五中将」（第六三段）と呼んだりする段があり、主人公が業平を強く意識して設定されていることは間違いない。だから古来『伊勢物語』は業平の行状を記した実録の物語だと考えられてきた。さらには業平の自記と考えて、『在五中将の日記』（『狭衣物語』巻一）と称されることもあった。

『伊勢物語』の書名と、その内容に言及した最も古い文献である『源氏物語』「絵合」巻の記事に、「世の常のあだごとのひきつくろひ飾れるにおされて、業平が名をや朽《くた》すべき」とあるのも、『伊勢物語』が軽佻浮薄な作り話ではなく著名歌人業平の実伝であるという認識によろう。『無名草子』の「ただ業平が好き心のほど見せむ料にしたるものにこそはべれ」という発言は、業平自作説に基づくものとも読める。

ただし、『伊勢物語』は業平に関係する話ばかりでできているわけではない。主人公の男が詠んだ歌の中には、『古今和歌集』やその他の歌集で別人の作になっていたり、詠み人知らずであったりするものが相当数ある。第二三段「筒井筒《つついづつ》」の主人公は「ゐなかわたらひしける人の子ども」であり、第二四段「あづさ弓」の男は「かたゐなか」に住んでいた。およそ親王の子である都の貴人業平とは、素性も境遇も異なる人物である。『伊勢物語』は実在の業平にまつわる歌話を中核としつつも、かなり自由に想像の幅を広げて形成されている。

また『伊勢物語』が描いたのは、決して「あだごと」とか「好き心」とか言われるような、色好みや恋愛に関する話ばかりではない。惟喬《これたか》親王との厚い信頼に基づく主従関係や、紀有常《きのありつね》ら友人たちとの麗しい友情など、人と人との心のつながりや共感を大切にする姿が鮮明に描き出されている。在原業平という希代の風流人たる貴公子の人生をモチーフにしつつ、人の心のあり方を追求したのが『伊勢物語』なのである。恋愛は人の心を追求する上で重要な要素ではあるが、決してすべてではなく、一部に過ぎない。色好み業平の色恋の様を記したものとする考え方は、成立間もない平安中期から存在し、作品の印象として現代にまで引き継がれているのだが、それは『伊勢物語』をよく読まないで決めつけた誤解というものである。

※参考文献

『一冊の講座　伊勢物語―日本の古典文学2―』（有精堂出版、一九八三）、妹尾好信他編『伊勢物語の新世界―知の遺産シリーズ2―』（武蔵野書院、二〇一六）

②『伊勢物語』『大和物語』と勅撰集

『伊勢物語』と『古今和歌集』の間には、明らかに密接な関係があるのだが、なかなか一筋縄ではいかないものがある。これは、『伊勢物語』が何段階もの成長過程を経て形成されたために、成長の段階によって『古今和歌集』の和歌の利用の仕方が変わるためだと考えられる。そのあたりの考証に関しては、片桐洋一提唱の『伊勢物語』三段階成長説などが参考になる。

一方の『大和物語』はと言うと、『古今和歌集』よりも第二番目の勅撰集である『後撰和歌集』との関係が深い。『大和物語』の成立は、登場人物の官位表記や呼称から天暦五年（九五一）が有力視されている。この年はまさに『後撰和歌集』の編纂が開始された年なのである。『後撰和歌集』は詞書が三人称で書かれているなど、物語的な性質を有することが早くから指摘されている。これは、十世紀半ばから後半にかけて歌語り（和歌にまつわる噂話）が流行したことと関係があるとされる。その流行を反映して作られたのが、特定の主人公を持たず、さまざまな人物に関する雑多な歌話を集めた『大和物語』なのであった。人物呼称が天暦五年を基準としているのは、『後撰和歌集』編纂のために集められた和歌資料が『大和物語』の製作にも利用されたからではないかと考えられる。

『無名草子』では「ただかやうの同じ筋のこと」と言って、『伊勢物語』と『大和物語』を同列に扱っているが、両書は同じ歌物語であってもその性質はかなり異なる。『無名草子』の歌物語に対する評言は大雑把で、当を得ているとは言いがたい。作り物語に比べてさほど興味を持っていなかったのだろう。

※参考文献

片桐洋一『伊勢物語の研究〔研究編〕』（明治書院、一九六八）、妹尾好信『平安朝歌物語の研究〔大和物語篇〕』（笠間書院、二〇〇〇）

❀調べてみよう

①『伊勢物語』の第七段から第一五段までは、東下《あずま》り・東国章段と呼ばれ、主人公の男が東国に放浪し、旅の道中に、また武蔵国や陸奥《むつ》国で体験したことが語られる。東国には歌枕（和歌に詠まれた由緒ある地名）が多く、都の歌詠みにとって一種の憧れの地でもあった。東国章段にはどんな地名が現れ、その地名はどんなふうに歌に詠まれているか、調べてみよう。

※平安時代の和歌における歌枕を列挙して解説した辞典類がいくつか出ている。ハンディーなものとして、片桐洋一『歌枕歌ことば辞典　増訂版』（笠間書院、一九九九）があり、やや大型のものに、久保田淳・馬場あき子『歌ことば歌枕大辞典』（角川書店、一九九九）、さらに大部なものには、吉原栄徳『和歌の歌枕・地名大辞典』（おうふう、二〇〇八）がある。

②『無名草子』は、『大和物語』にあるよい和歌は『古今和歌集』に入っているはずだと言っているが、実際、『大和物語』の中の和歌がどのくらい『古今和歌集』に入っているか、調べてみよう。

※『新編国歌大観』DVD−ROM版及びジャパンナレッジ版を使って、『大和物語』の中の和歌が他にどんな歌集に入っているか調べると、『無名草子』の記事を検証するだけでなく、他にも思わぬ発見があるかも知れない。

第十講　勅撰集でも辛口批評
—万葉集・古今集から千載集—

前段では後期物語や散逸物語の虚構を空しいと述べ、『伊勢物語』『大和物語』を実話ととらえて対比させ、すばらしさを語った。物語の中の歌の良し悪しから、『古今和歌集』以下の勅撰集に話が及ぶ。

例の人、また、「さらば、古き新しきともなく、撰集《せんじふ》[1]の中に、いづれかすぐれてめでたくはべらむ」と言へば、「撰集など申す名にて、おろかなるもはべらじ、と聞こえはべれど。

『万葉集』[2]などのことは、心も言葉も及びはべらず。国基《くにもと》[3]と申す歌詠《うたよ》みこそ、『我が歌は、万葉集をもちてかかり所にする』とは申しけれ。

『古今《こきん》』[4]こそ、古言《ふるごと》いづれもと申しながら、返す返すもめでたくはべれ。歌のよし悪《あ》しなど申さむことは、いと恐ろし。撰《えら》べる人々、たとひ思ひ誤りてよろしき歌を入《い》るとも、帝《みかど》[5]御覧じ咎《とが》めさせたまはざらむやは。

『後撰《ごせん》』[6]は、あまりに神《かみ》さびすさまじきさまして、凡夫の心及びがたくはべり。

また、『拾遺集《しふゐしふ》』[7]『拾遺抄《しふゐせう》』[8]とてはべるめり。定家少将[9]に『召すとはいづれ。いづれを申すぞ』と人の問ひてはべりし返り事に、さまざまこまかに記《しる》されてはべりしことどもの中《なか》に、『古き人のしわざなれど、集には抄は遥《はる》かに劣りて見ゆ』とこそ申してはべりしか。『万葉集より千載集《せんざいしふ》[10]に至るまでには、八代集[11]とや言ふらむ』とて、それまでがこ

1 勅撰集や私撰集を編纂すること。 **2** 奈良後期に大伴家持《やかもち》が編纂。二〇巻約四五〇〇首。 **3** 津守国基（一〇二三～一一〇二）。住吉大社神主。 **4** 醍醐天皇が紀貫之らに下命し撰集させた第一勅撰集。二〇巻一一〇〇首。延喜五年（九〇五）奏覧。 **5** 醍醐天皇（八八五～九三〇）。宇多天皇第一皇子。在位八九七～九三〇。治政は延喜の治と称えられる。 **6** 村上天皇が天暦五年（九五一）に梨壺《なしつぼ》五人に下命し和歌所《わかどころ》で編纂させた第二勅撰集。二〇巻一四二六首。 **7** 花山院が源道済《みちなり》と藤原長能《ながとう》に下命して編纂させた第三勅撰集。寛弘三年（一〇〇六）ごろ成立。二〇巻一三五一首。 **8** 花山院の意を受けて藤原公任が長徳三年（九九七）ごろ編纂。一〇巻五九四首。『拾

とをぞ、こまかに申されてはべりし。
[12]『後《ご》拾遺《しふゐ》』、よき歌どもはべるめり。『古き集どもよりはよし』など申す人々はべれど、
『古今』のまねはいかでかしはべらむ。
[13]『金玉集《きんぎよくしふ》』とて、[14]三代集の歌を撰《せん》じて、[15]四条大納言公任《きんたふ》のせられたるものを御覧ぜよ。さて、それなる歌どももやうならむ、心も詞《ことば》も姿もかき合ひて、めでたき歌とは知らせたまへ。
また、[16]『金葉集《きんえふしふ》』、よしと思へる人もはべり。されど、そのころの歌、すべて目の及びはべらぬやらむ、さしもおぼえはべらず。また今少し見どころ少なくぞおぼえはべる。世にもさ思ひてはべるなるべし。いたく多くもはべらず。

（中略）

あはれ、折につけて、[17]三位《さんみ》入道のやうなる身にて、集を撰びはべらばや。『千載集《せんざいしふ》』こそは、その人のしわざなれば、いと心にくくはべるを、あまりに人にところを置かるるにや、さしもおぼえぬ歌どもこそ、あまた入りてはべるめれ。何事もあいなくなりゆく世の末に、この道ばかりこそ、[18]山彦《やまびこ》の跡絶えず、柿《かき》の本《もと》の塵《ちり》尽きず、とかやうけたまはりはべれ。まことに、聞き知らぬ耳にもありがたき歌どもはべるを、主《ぬし》の、ところにはばかり、人のほどに片去《かたさ》る歌どもにはかき混ぜず撰《え》り出《い》でたらば、いかにいみじくはべらむ。

（一二五九～一二六三）

遺集』と五九二首重複。**9** 藤原定家（一一六二～一二四一）。父は俊成。母は美福門院加賀（びふくもんいんかが）。姉は建春門院（けんしゅんもんいん）中納言（健御前（たけるごぜん））。**10** 後白河院が藤原俊成に下命し編纂させた第七勅撰集。文治四年（一一八八）奏覧。二〇巻一二八八首。**11** 『新古今集』成立以前は『万葉集』を入れていた。**12** 白河天皇が藤原通俊（みちとし）に下命し編纂させた第四勅撰集。応徳三年（一〇八六）奏覧。二〇巻一二二〇首。**13** 藤原公任の私撰集。寛弘四年（一〇〇七）成立。**14** 『古今集』『後撰集』『拾遺集』三つの総称。**15** 藤原公任（九六六～一〇四一）。関白頼忠嫡男。**16** 白河院が源俊頼（としより）に下命し編纂させた第五勅撰集。三奏本を大治元年（一一二六）奏覧。一〇巻六五〇首。**17** 藤原俊成（一一一四～一二〇四）。俊忠三男。定家の父。院政期歌壇の重鎮。式子内親王に『古来風躰抄（こらいふうていしょう）』を撰進して和歌を教えた。**18** 「山彦の跡」「柿の本の塵」は、それぞれ序詞。

✿ コラム

①和歌について

和歌とは大和《やまと》歌すなわち日本の歌のことで、漢詩《からうた》との対比を意識したものである。長歌、短歌、旋頭歌《せどうか》などすべて定型のもので、和歌を集めた作品には「和歌集」、「歌合《うたあわせ》」、「定数歌」、「歌論書」がある。

「和歌集」は、『古今和歌集』『千載和歌集』のように天皇または上皇の指示で編纂した勅撰集、藤原公任《きんとう》の『金玉集《きんぎょくしゅう》』や能因法師の『玄玄集《げんげんしゅう》』のように個人が自分の判断基準で多数の歌人の和歌を編纂した私撰集、『公任集』『和泉式部集』『紫式部集』のように特定歌人の和歌を中心に独詠歌、贈答歌、題詠歌などを集めた私家《しか》集、『古今和歌六帖《ろくじょう》』『和歌一字抄』『夫木《ふぼく》和歌抄』のように歌を作る便宜や証歌を検索するため、題ごとに類別して歌を集めた類題歌集がある。なお『万葉集』は勅撰、私撰の両説ある。

「歌合」は、主催者の指名した歌人たちがあらかじめ出された題で詠んだ歌を持ち寄り、左方と右方に分かれて優劣を競ったもの。平安時代前期に村上天皇が主催した『天徳四年内裏《だいり》歌合』、鎌倉時代初期に藤原良経《よしつね》が主催した『六百番歌合』、後鳥羽院が主催した『千五百番歌合』などがとくに知られる。

「定数歌」は、決められた数の歌を詠んだもの。平安時代前期の『好忠《よしただ》百首』（曽禰《そね》好忠）『重之《しげゆき》百首』（源重之）、平安時代中期の『和泉式部百首』『相模《さがみ》百首』、平安時代後期に堀河天皇が主催した『堀河百首』、崇徳《すとく》院が主催した『久安《きゅうあん》百首』などがあり、勅撰集の重要な撰集資料にもなっている。

「歌論書」は、指導的立場の歌人が学びにふさわしい歌をあげて、自分の歌論を展開しながら解説するもの。藤原浜成《はまなり》の『歌経標式《かきょうひょうしき》』、藤原公任の『新撰髄脳』『和歌九品《くほん》』、源俊頼《としより》の『俊頼髄脳』、藤原清輔《きよすけ》の『袋草紙《ふくろそうし》』『奥儀抄』、藤原俊成の『古来風躰《こらいふうてい》抄』、藤原定家の『詠歌大概《えいかのたいがい》』『近代秀歌』などがある。

※参考文献

『和歌文学辞典』（桜楓社、一九八二）、『和歌文学大辞典』（古典ライブラリー、二〇一四）、片桐洋一『歌枕歌ことば辞典　増訂版』（笠間書院、一九九九）、「和歌文学大系」全八〇巻別巻一（明治書院、刊行中）

②八代集について

勅撰集は、『古今和歌集』から『新続《しょく》古今和歌集』に至る二十一代集を指す。このうち第一勅撰集『古今和歌集』から第三勅撰集『拾遺和歌集』までの三つを「三代《さんだい》集」として、第八勅撰集『新古今和歌集』までの八つを「八代《はちだい》集」として重宝した。『俊頼髄脳』では、歌を詠む時に避けるべき歌病《かびょう》のある歌が「三代集に入れり」として初学者に注意を喚起する。藤原定家は『三代集之間事《あいだのこと》』を著して「家の説」から歌人を考証し、歌語《かご》に注解を付けた。『定家八代抄』（『二四代《にしだい》集』）では八代集から学ぶべき秀歌を一八〇〇首あまり選出し、『八代集秀逸』では、各集からとくに学ぶべき秀歌として一〇首ずつ計八〇首を選出する。さらに定家は、歌論書『近代秀歌』や『詠歌大概』で「和歌に師匠なし。只《ただ》旧歌を以て師となす」と述べ、「秀歌躰大略《しゅうかのていたいりゃく》」として八代集から選出する。定家自筆の日記『明月記《めいげつき》』文暦元年（一二三四）

九月八日条に記録がある。また江戸時代前期の天和二年（一六八二）五月には、北村季吟が八代集を通した注釈書として『八代集抄』を刊行するなど、後世に強い影響を及ぼした。

③和歌について調べる方法

歌を検索するには、「新編国歌大観」全一〇巻（角川書店、一九八三〜九二）が最も一般的である。勅撰集、私撰集、私家集、定数歌、歌合、歌論書、物語日記などの所収歌を網羅し、句ごとに検索できる索引を備える。DVD－ROM版（角川学芸出版、二〇一二）もある。大学図書館HPに「ジャパンナレッジ」があれば、「収録コンテンツ」から「叢書・日本文学」を選び、「新編国歌大観」をクリックしてデータベース検索できる。ただし、異文はヒットしないので、注意が必要。『八代集総索引』新日本古典文学大系別巻（岩波書店、一九九五）は、各句索引に加え、作者、詞書等人名、歌語・地名の索引をそれぞれ装備するので使いやすい。

✿ 調べてみよう

①第一勅撰集『古今和歌集』が、仮名序でどのように宣言して、どのように享受され、その後の勅撰集にどのような影響を与えたのか、調べてみよう。

※片桐洋一『古今和歌集以後』（笠間書院、二〇〇〇）は、先行歌の享受の方法を実証的に論じる。

②第二勅撰集『後撰和歌集』には「褻《け》の歌」が多く取られている。逆に当時の「晴《はれ》の歌」にはどのような

ものがあるか、調べてみよう。

※田島智子『屛風歌の研究』（和泉書院、二〇〇七）は、「屛風歌」を網羅して考察を加えている。

③第三勅撰集は、花山院が当初は藤原公任に『拾遺抄』を作らせ、それを基にして源道済《みちなり》と藤原長能《ながとう》の協力を得て大幅に増補改訂し、『拾遺和歌集』を親撰した。両集の関係について調べてみよう。

※中周子『拾遺和歌集論攷』（和泉書院、二〇一五）は、表現の特色と後世の和歌集への展開を論じる。

④第四勅撰集『後拾遺和歌集』は、白河天皇が藤原通俊《みちとし》に下命してから一一年を経てようやく完成した。編纂中に津守国基《くにもと》が住吉名産の小アジを送り自歌の入集《じつしゆう》を図ったので、完成後に『小鰺集《こあじ》』と揶揄されたり（『袋草紙』）、当時を代表する歌人源経信《つねのぶ》が『難《なん》後拾遺』を著し批判する。白河院が院政を開始した狙いとあわせて、勅撰集を編纂することの意味について調べてみよう。

※後藤祥子編『王朝和歌を学ぶ人のために』（世界思想社、一九九七）は、テーマ別にそろえた幅広い論考に加え、研究文献一覧と王朝和歌史年表がまとめられており、資料として使いやすい。

⑤第五勅撰集『金葉和歌集』と第七勅撰集『千載和歌集』の間に、第六勅撰集『詞花和歌集』がある。『無名草子』において『詞花和歌集』がふれられないのはなぜだろうか。『詞花和歌集』を下命した崇徳《すとく》上皇と撰者の藤原顕輔《あきすけ》について、院政期という時代背景から調べてみよう。

※鈴木健一・鈴木宏子編『和歌史を学ぶ人のために』（世界思想社、二〇一一）は、和歌や歌集を時代の枠組みの中でとらえて位置づけた論考を集める。

第十一講　女が名を残すこと
―私撰集と宮仕え―

前段で『金葉集』までの勅撰集を論談したあと、今話題の『歌苑集』などの私撰集や、『堀河百首』『久安百首』『六百番歌合』に話が及ぶ。『千載集』を編纂した俊成を羨望したあと、紫式部や清少納言が残した文学作品を称えたあと、宮仕えする女性の憧れを語る。

その後《のち》も、家々[1]に撰《えら》べる集ども、あまた聞こえはべる。『歌《か》苑《ゑん》集』[2]『今撰《こんせん》集』[3]などは、人、よしと思ひてはべるめり。されど勅撰集ならぬは心にくきにや、いとあなづらはしくおぼえはべる。

かつは、かやうのことなどは、撰べる人柄によるべきなり。『現存《げんそん》』[4]『月詣《げつけい》集』[5]などは、めでたかるらめども、心にくくもいとおぼえはべらず。

まして申さむや、『奈良《なら》集』[6]と申すもののはべるとかや。いまだえ見はべらねど、さしも心狭《せば》きものにてはべらむ。心をだにこそ見はべらね。

『玉花《ぎよくくわ》集』[7]とて、建久七年[8]に撰《えら》べるよし見えたるものはべり。それがし[9]などいふほどのもののしわざにもはべらぬにや」など言へば、

また、人、「されど、それは題[10]の歌ばかりにて、きとものの用に立ちぬべきとかや」と言へば、「題の歌は、撰集ならずとも。『堀河院百首《ほりかはゐんひやくしゆ》』[11]『新院百首《しんゐんひやくしゆ》』[12]、近くは九条殿[13]の左大将と申しはべりし折の『百首』[14]などはべるは。それを見ても題の歌はいとよく心得ぬ

1　ここでは私家集ではなく、私撰集を編纂すること。

2　俊恵（しゅんえ）・一一一三～九四?）が主導した歌林苑（かりんえん）で撰集された散逸（さんいつ）私撰集。七八首が知られる。

3　六条藤家（ろくじょうとうけ）の顕昭（けんしょう）・一一三〇?～一二〇九?）の撰集とされる私撰集。一一六五～六六年成立か。

4　歌林苑会衆の道因（どういん）・一〇九〇～一一七九?）の撰集とされる私撰集。一一六三年成立か。

5　「つきもうで集」とも。歌林苑会衆の賀茂重保（一一一九～九一）の撰集。一一八二年成立。一二巻、一二〇〇首。仮名序・真名跋も整う。

6　詳細不明の散逸歌集。

7　前左馬允俊貞（さきのさまのじょうとしさだ）の撰集という詳細不明の散逸歌集。

べし。なかなかいと美しきどもはべるめるは。

あはれ、折につけて、[15]三位《さんみ》入道のやうなる身にて、集を撰びはべらばや。（中略）

いでや、いみじけれども、女ばかり口惜《くちを》しきものなし。昔より色を好み、道を習ふ輩《ともがら》多かれども、女の、いまだ集など撰《えら》ぶことなきこそ、いと口惜しけれ」と言へば、「必ず、集を撰ぶことのいみじかるべきにもあらず。紫式部が『源氏』を作り、清少納言が『枕草子』を書き集めたるより、さきに申しつる物語ども、多くは女のしわざにはべらずや。されば、なほ捨てがたきものにて我ながらはべり」と言へば、「さらば、などか、世の末にとどまるばかりの一ふし、書きとどむるほどの身にてはべらざりけむ。人の姫君、北の方などにて隠ろへばみたらむはさることにて、宮仕人《みやづかへびと》とてひたおもてに出で立ち、なべて人に知らるばかりの身をもちて、『このころはそれこそ』など人にも言はれず、世の末までも書きとどめられぬ身にてやみなむは、いみじく口惜しかるべきわざなりかし。

昔より、いかばかりのことかは多かめれど、[16]あやしの腰折れ一つ詠《よ》みて、集に入《い》ることなどだに女はいとかたかめり。まして、世の末まで名をとどむばかりの言葉《ことば》、言ひ出《い》で、し出でたるたぐひは少なくこそ聞こえはべれ。いとありがたきわざなんめり」など言へば、

（二六一～二六四）

8　一一九六年。『無名草子』成立の上限。
9　名乗るほどの人物
10　題詠歌。
11　堀河院（一〇七九～一一〇七）に一一〇五～六年に総覧された百首。百題からなる組題・部類で当代歌人一四～一六人から百首を集め、後世の規範となった。
12　崇徳院（一一一九～六四）が主催した組題の『久安百首（きゅうあんひゃくしゅ）』。一一五〇年に一四名の百首が総覧された。
13　藤原良経（よしつね）・一一六九～一二〇六）。関白兼実（かねざね）二男。後京極摂政太政大臣。
14　一一九三年に良経主催の『六百番歌合』。組題百首で当代歌人一二名が詠進。
15　藤原俊成（一一一四～一二〇四）。定家の父。兼実、良経父子の和歌の師匠。『千載集』を編纂し、『六百番歌合』の判者を務めた。
16　「腰」は和歌の第三句。「腰折れ」は上句と下句が不整合という謙遜で下手な歌のこと。

✿ コラム

①私撰集をつくるということ

私撰集は、公的な勅撰集とは異なり、個人が自身の裁量で多数の歌人の和歌を選出し、編纂した私的な歌集である。編纂の目的は多様で、記録として残したもの、秀歌を厳選したもの、歌題ごとに和歌を分類して作歌手引書としたもの、勅撰集を編纂する目的で制作したが、何らかの事情で私撰集になったもの、特定の歌集に対する批判を目的に編纂されたもの、などがある。

※参考文献

有吉保編『和歌文学辞典』（桜楓社、一九八二）、『和歌文学大辞典』（古典ライブラリー、二〇一四）、類題和歌集研究会・和歌史研究会編『私撰集伝本書目』（明治書院、一九七五）、中村文『後白河院時代歌人伝の研究』（笠間書院、二〇〇五）

②私撰集の系譜

奈良時代に、聖武天皇の侍講《じこう》も務めた山上憶良《おくら》が『類聚歌林《るいじゆうかりん》』を編纂した。仁徳皇后磐姫《いわのひめ》から文武朝に至る七〇一年までの宮廷和歌を集め、中国の漢詩文集『芸文類聚』を参考に分類して、聖武天皇に献上したものと見られる。散逸《さんいつ》して伝わらないが、『万葉集』巻一、二、九所収歌の左注に九カ所明記され、『万葉集』を編纂した大伴家持《やかもち》が参照した資料としても注目されるほか、平安末期には藤原清輔《きよすけ》の『袋草紙《ふくろそうし》』、鎌倉前期には藤原俊成の『古来風躰抄《こらいふうていしょう》』、順徳院の『八雲御抄《やくもみしょう》』などの歌論書に明記される。なお『万葉集』は、契沖《けいちゅう》が『万葉代匠記《だいしょうき》』で勅撰説を否定して以来、天平文化の私撰集に分類される。

平安前期になると、八九三年に菅原道真が『寛平御時后宮歌合《かんぴょうのおんときさいのみやうたあわせ》』と『是貞《これさだ》親王家歌合』を主な撰歌資料として原撰本『新撰万葉集』を編纂する。伝小野道風《みちかぜ》筆『秋萩集《あきはぎ》』は古筆断簡《こひつだんかん》として四八首を伝える。紀貫之は醍醐天皇の勅命で『古今和歌集』から秀歌三八〇首を選出し『新撰和歌』を編纂する。平安中期には『万葉集』から『古今和歌集』を経て『後撰和歌集』に至る時代の和歌約四五〇〇首を五一六題に分類し、各題のもとに和歌を挙げた『古今和歌六帖《ろくじょう》』が成立する。作歌手引書として流布し、『枕草子』や『源氏物語』の素材提供としても注目される。一条朝には藤原公任《きんとう》が『拾遺抄』のほか『金玉集』『深窓秘抄《しんそうひしょう》』などを編纂する。平安後期になると能因の『玄玄集《げんげん》』など私撰集が数多く編纂されるようになる。平安後期には藤原清輔の『続《しょく》詞花和歌集』、顕昭《けんしょう》の『今撰集』、賀茂重保《かものしげやす》の『月詣集』など次々と編纂され、寂超《じゃくちょう》の『後葉《ごよう》和歌集』は『詞花和歌集』批判の目的で当代歌人の歌を加え独自に編纂し直す。『私撰集伝本書目』は八〇〇以上の書目を掲載するが、『無名草子』に見える『歌苑集』『奈良集』『玉花集』など散逸した私撰集も多い。

※参考文献

井上宗雄『平安後期歌人伝の研究（増補版）』（笠間書院、一九八八）、松野陽一『鳥帚　千載集時代和歌の研究』（笠間書院、一九九五）、名古屋和歌文学研究会編『私撰集作者索引』和泉索引叢書㊳（和泉書院、一九九六）、同編『私撰集作者索引続編』和泉索引叢書(51)（和泉書院、二〇〇四）

③歌合と百首歌

和歌所《わかどころ》を設置して第二勅撰集『後撰和歌集』の編纂を命じた村上天皇は、天徳四年（九六〇）三月三十日に「内裏《だいり》歌合」を開催する。晴儀歌合として語り継がれるこの形式は、摂関家や歌人邸でも行われていく。平安後期に堀河天皇に奏覧された『堀河百首』は、当時を代表する歌人一六名に百の歌題を出して詠進させ、組題百首・部類百首として後世の規範となる。崇徳院は『久安百首』を詠進させて第六勅撰集『詞花和歌集』編纂の資料提供を図り、後に藤原俊成が第七勅撰集『千載和歌集』編纂に活用している。鎌倉前期に後京極殿藤原良経《よしつね》は『六百番歌合』を主催する。四季部五〇題と恋部五〇題からなり、しかも恋の進行によるものと「寄物恋」の組題を配置するなど、体系化された構成になっている。一二名の歌人が百首ずつ詠進した六百番の歌合に、判者《はんじや》の藤原俊成が勝負理由を判詞《はんじ》で示すことで、御子左家《みこひだりけ》と六条《ろくじよう》藤家《とうけ》の和歌に対する考え方の違いが明確になる。そのエネルギーが第八勅撰集『新古今和歌集』の編纂へと展開する機運の中で、「参加するだけの女性はつまらない」と不満を漏らしながら、宮仕え人の名誉に憧れる発言がなされる。

※参考文献
萩谷朴『平安朝歌合大成　増補新訂』（同朋舎、一九九五）、「歌合・定数歌全釈叢書」（風間書房、二〇〇三～刊行中）、「私家集全釈叢書」（風間書房、一九八六～刊行中）、「私家集注釈叢刊」（貴重本刊行会、一九八九～二〇一〇）、「和歌文学論集」全一〇巻（風間書房、一九九一～六）、「新編国歌大観」全一〇巻（角川書店）、佐藤明浩『院政期和歌文学の基層と周縁』（和泉書院、二〇二〇）

❀ 調べてみよう

①藤原公任が編纂した『拾遺抄』や藤原清輔が編纂した『続詞花和歌集』は、なぜ勅撰集ではなく、私撰集にとどまったのだろうか。編纂当時の状況について歴史の視点から調べてみよう。

※鈴木徳男『続詞花和歌集の研究』（和泉書院、一九八七）は、本文編と研究編がそろっている。

②散逸した私撰集には、どのようなものがあったのか。編纂者とグループ、何によってその存在を確認できるのか、調べてみよう。

※山口眞琴「偽書としての西行『撰集抄』を成り立たせるもの―康頼『宝物集』、配流和歌、私撰集など―」（『西行学』第五号、二〇一五）は、当時の私撰集のあり方を、西行に焦点を当てて論じている。

③『六百番歌合』には「源氏見ざる歌詠みは遺恨のことなり」のように、判者藤原俊成の歌に対する姿勢が表れている。御子左家と六条藤家の新旧両派は双方譲らぬ論戦を交わし、顕昭は『六百番陳状《ちんじょう》』（『顕昭陳状』）で反駁して『万葉集』重視を主張する。両者を比較し、歌論の相違点について調べてみよう。

※久保田淳・山口明穂校注『六百番歌合』新日本古典文学大系㊳（岩波書店、一九九八）は、注釈も備わっていて使いやすい。

安井重雄『藤原俊成　判詞と歌語の研究』（笠間書院、二〇〇六）は、俊成の言説を実証的に論じてその仕事を明らかにする。

第十二講　才女の評判と行く末
―小野小町と清少納言―

女性の生き方の参考になる人をまねたい、という若い女の発言に対して、和歌の上手な小野小町と、和歌が苦手で『枕草子』を記した清少納言を挙げ、才能のある者が晩年に零落した話を述べる。

例の若き人、「さるにても誰々かはべらむ。昔、今ともなく、おのづから心にくく聞こえむほどの人々思ひ出でて、その中《なか》に、少しもよからむ人のまねをしはべらばや」と言へば、「ものまねびは人のすまじかなるわざを。淵《ふち》に入《い》りたまひなむず」と言ひて笑ふ。女御《にようご》、后《きさき》は、心にくく、いみじきためしに書き伝へられさせたまふばかりのは、いとありがたし。まして末々はことわりなりかし。

色を好み、歌を詠《よ》む者、昔より多からめど、[1]小《お》野《のの》小《こ》町《まち》こそ、みめ、容貌《かたち》も、もてなし、心遣ひよりはじめ、何事も、いみじかりけむとおぼゆれ」

（中略）

「老いの果てこそ、いとうたてけれ。さしもなき人も、いとさまであることやはべる」

（中略）

また、人、「すべて、あまりになりぬる人の、そのままにてはべるためし、ありがたきわざにてこそあめれ。[2]檜《ひ》垣《がき》の子、[3]清少納言は、[4]一条院の位《くらゐ》の御時、[5]中関白《なかのくわんぱく》世を治《し》らせたまひけるはじめ、[6]皇太后宮《くわうたいこうぐう》の時めかせたまふ盛りにさぶらひたまひて、人より優な

1　平安時代初期の女性歌人。六歌仙の一人。古来より美人として名高い。

2　生没年未詳。九州に住む遊女の歌人という。『檜垣嫗集』が伝わる。

3　清原元輔の娘。一条天皇皇后の定子に女房として仕えて『枕草子』を記した。

る者とおぼしめされたりけるほどのことどもは、『枕草子』といふものに、みづから書きあらはしてはべれば、こまかに申すに及ばず。

歌詠《うたよ》みの方《かた》こそ、元輔《もとすけ》[7]が娘にて、さばかりなりけるほどよりは、すぐれざりけるとかやとおぼゆる。『後拾遺《ごしふゐ》』[8]などにも、むげに少なう入《い》りてはべるめり。みづからも思ひ知りて、申し請《こ》ひて、さやうのことには交じりはべらざりけるにや。さらでは、いといみじかりけるものにこそあめれ。

その『枕草子』こそ、心のほど見えて、いとをかしうはべれ。さばかりをかしくも、あはれにも、いみじくも、めでたくもあることども、残らず書き記《しる》したる中《なか》に、宮[9]の、めでたく、盛りに、時めかせたまひしことばかりを、身の毛も立つばかり書き出《い》でて、関白殿失《う》せさせたまひ、内大臣《うちのおとど》[10]流されたまひなどせしほどの衰《おとろ》へをば、かけても言ひ出でぬほどのいみじき心ばせなりけむ人の、はかばかしきよすがなどもなかりけるにや、乳母《めのと》[11]の子なりける者に具《ぐ》して、遥《はる》かなる田舎《ゐなか》にまかりて住みけるに、襖《あを》[12]などいふもの干しに、外《と》に出《い》づとて、『昔の直衣姿《なほしすがた》こそ忘られね』と独りごちけるを、見はべりければ、あやしの衣《きぬ》着て、つづり[13]といふもの帽子《ぼうし》にしてはべりけるこそ、いとあはれなれ。まことに、いかに昔恋しかりけむ」

（二六四〜二六八）

4　一条天皇（九八〇〜一〇一一）。円融天皇皇子。第六六代天皇。在位期間九八六〜一〇一一。

5　藤原道隆（みちたか・九五三〜九九五）。大関白兼家の長男。定子と伊周（これちか）の父。

6　一条天皇皇后の定子（九七七〜一〇〇〇）。中関白道隆の娘として入内。栄華を極めたが、父の死後は兄伊周が失脚し、道長（みちなが）に押されて、不遇のままに数え歳二四歳で逝去。皇太后宮は皇后宮の誤り。

7　清原元輔（九〇八〜九九〇）。清少納言の父。梨壺（なしつぼ）の五人として『後撰集』を編纂した歌人。

8　第四勅撰集。白河天皇が藤原通俊（みちとし）に編纂を命じ、一〇八六年に成立。清少納言はわずかに二首が入首。

9　一条天皇皇后の定子。

10　藤原伊周（九七四〜一〇一〇）。道隆の嫡男。父道隆の死後、叔父の道長と政権を争って失脚し、大宰権帥（だざいごんのそち）に左遷。

11　不明。

12　庶民の着る服。

13　つぎ合わせのぼろ布。

✿コラム

①女性が女性を語るということ

前段で、女性は勅撰集の編纂を任された例のないことが残念だとする意見に対して、宮仕えで活躍して名を残すことに生きる価値を求める意見が出たことに続けて、目標とする先輩を順にあげて論じる展開になっている。和歌の才能に美貌と気配りの誉れが高い小野小町についてふれたあと、あまりに度を過ぎた才能を持ったため、晩年に不遇をかこった女性として、『枕草子』を記した清少納言が語られる。

②清少納言と『枕草子』

清少納言は、「梨壺《なしつぼ》の五人」として第二勅撰集『後撰和歌集』を編纂した清原元輔《もとすけ》の末娘で、九六六年ごろに生まれた。藤原道長や藤原公任《きんとう》と同じ歳、藤原斉信《ただのぶ》は一歳下、藤原行成《ゆきなり》は六歳下になる。三百あまりの章段からなる『枕草子』は、「春は曙」で始まる随想的章段、「山は」など題をめぐるもの尽くしの類聚的章段、宮仕えで経験した見聞をまとめた日記的章段から構成される。定子に仕える女房として、初出仕から定子晩年にいたるまでの出来事を、清少納言ならではの感性で生き生きと書き留めた。とくに日記的章段には、一条朝を支えた「四納言」たちをはじめとする錚々たる貴公子たちを相手に、漢詩文や和歌の知識をふまえて丁々発止とやりとりした様子が記される。「随筆文学」の嚆矢としての地位を獲得し、後世の和歌表現や『徒然草』に影響を及ぼした。

※参考文献

枕草子研究会編『枕草子大事典』（勉誠出版、二〇〇一）、赤間恵都子『枕草子　日記的章段の研究』（三省堂、二〇〇九）、三田村雅子『枕草子　表現の論理』（有精堂、一九九五）

③定子から特別扱いされた清少納言

『枕草子』第一七七段「宮にはじめてまゐりたるころ」には、清少納言が定子に初めて出仕したときの様子が記されている。定子は、新人で不慣れな清少納言を気遣い、そば近くに置きたがる。先輩女房から「敢えなきまで御前許されたるは、さおぼしめすやうこそあらめ」とまで評された清少納言は、兄の伊周《これちか》から直々に話しかけられるなど、宮仕えの当初から中関白《なかのかんぱく》一族に特別扱いされている。積善寺《しゃくぜんじ》で行われた中関白家の一切経《いっさいきょう》供養の様子を記した第二六〇段「関白殿二月二十一日に」では、先に到着した定子が、清少納言の到着を待ちわびて女房たちに探させ、自分の衣装の感想を清少納言に求めたり、供養の様子がよく見える上席に座れるよう自ら指示を出す。そんな待遇を「身の程に過ぎたること」と認識している。

※参考文献

古瀬雅義『枕草子章段構成論』（笠間書院、二〇一六）、東望歩「清少納言出仕の背景―正暦年間の一条後宮―」（『中古文学』八九号）、増田繁夫校注『枕草子』和泉古典叢書①（和泉書院、一九八七）

④『紫式部日記』に記された清少納言批判

同じ一条天皇の中宮彰子に仕えた紫式部は、清少納言についての人物批評を『紫式部日記』に記した。「清少納言こそ、したり顔にいみじうはべりける人」と書き始め、底の浅い漢詩文の知識を揶揄し、何事にも「をかし」がる性格を批判し、「そのあだなりぬる人のはて、いかでかはよくはべらむ」と酷評する。晩年は落ちぶれるだろうとの予言は、『枕草子』能因本系統の跋文《ばつぶん》をはじめ、後世の説話につながる。

※参考文献

山本淳子訳注『紫式部日記』(角川ソフィア文庫 二〇一〇)、同『紫式部ひとり語り』(同、二〇二〇)

⑤『無名草子』の作者が見た『枕草子』

『枕草子』には「跋文」と呼ばれる「あとがき」がある。三巻本系統と能因本系統それぞれの跋文には大きな差異があり、能因本系統の長い跋文には、晩年に零落した清少納言が乳母子《めのとご》の縁で阿波国(徳島県)に漂泊してあばら屋に住み、「昔の直衣姿こそ忘られね」と独り言を言いながら暮らしていた様が記される。記述の相似から、『無名草子』と能因本系統『枕草子』との関係が想起される。

※参考文献

松尾聰・永井和子訳注『枕草子[能因本]』原文・現代語訳シリーズ(笠間書院、二〇〇八)

❀ 調べてみよう

①清少納言は『枕草子』第九五段「五月の御精進《みしやうじん》のほど」で、自分が和歌を苦手としている理由を「元輔の娘だから」と語る。和歌を詠むことは女房の必須能力であったが、どのような論理で定子に詠歌免除を願い出たか。『枕草子』で定子とのことが描かれている日記的章段から探し出し、論理を考えてみよう。

※萩谷朴『枕草子解環①〜⑤』（同朋舎、一九八一〜三）は、本文の表現から詳細な論理を読み取り、考察していく過程と問題点を詳細に示すので、問題を発見する大きなヒントが学べる。

②なぜ小野小町の次に、清少納言へと展開するのか。二人の才女の共通点と相違点から考えてみよう。

※小森潔・津島知明『枕草子　創造と新生』（翰林書房、二〇一一）、田辺聖子『むかし・あけぼの　小説枕草子』（角川文庫、一九八六）には、清少納言の器量の悪さの典拠が示され、モチーフとなっている。

③『枕草子』には、三巻本系統、能因本系統、前田家本、堺本系統と、四つの主要伝本系統が存在する。それぞれどのような特徴を持っているか、調べてみよう（第三講「コラム②」参照）。

※山中悠希『堺本枕草子の研究』（武蔵野書院、二〇一六）、楠道隆『枕草子異本研究』（笠間書院、一九七〇）、塚原鉄雄『枕草子研究』（新典社、二〇〇五）に、諸本の有り様が整理されている。

④清少納言の零落が語られる中世から近世の説話を調べてみよう。

※川端善明・荒木浩校注『古事談・続古事談』新日本古典文学大系㊶（岩波書店、二〇〇五）巻末には、人名一覧がある。乾克己他編『日本伝記伝説大事典』（角川書店、一九八六）は、人物の逸話を整理して紹介する。

第十三講　恋愛と歌で名をはせた母娘
—和泉式部と小式部内侍—

和歌に苦手意識を持ち、晩年の零落を記した清少納言に続けて、和歌を得意としたけれども夭逝した小式部内侍と、その母和泉式部のエピソードを記した歌徳説話に話が及ぶ。

小式部内侍《こしきぶのないし》[1]こそ、誰よりもいとめでたけれ。かかるためしを聞くにつけても、命短かりけるさへ、いみじくこそおぼゆれ。さ[2]ばかりの君に、とりわきおぼし時めかされたてまつりて、亡《な》[3]きあとまでも御衣《ぞ》など賜はせけむほど、宮仕への本意《ほい》、これにはいかが過ぎむと思ふ。果報さへ、いと思ふやうにはべりし。よろづの人の心を尽くしけむ、妬《ねた》げにもてなして、大二条殿《おほにでうどの》[4]にいみじく思はれたてまつりて、やむごとなき僧[5]、子ども生み置きて隠れにけむこそ、いみじくめでたけれ。

歌詠《うたよ》みの覚えは、和泉式部《いづみしきぶ》[6]には劣りためれど、病《やまひ》限りになりて死ぬべくおぼえける折に、「い[7]かにせむいくべきかたも思ほえず親に先立つ道を知らねば」と詠みたりけるに、そのたびの病たちまちにやみたりけるとかや。それにて、この道のすぐれたるほどは見知りぬ。また定頼《さだより》[8]中納言に、「大江《おほえ》[9]山《やま》いく野の道のとほければまだふみも見ず天《あま》の橋立《はしだて》」と詠みかけたりけるなども、折につけては、いとめでたかりけるとこそ推《お》し量《はか》られ。

和泉式部、歌数《うたかず》など詠みたることは、まことに、女のかばかりなる、ありがたくぞはべるらむ。心ざま、振る舞ひなどぞ、いと心にくからず、かばかりの歌ども詠み出《い》づべ

1　平安時代後期の女性歌人。即興歌の名手。和泉式部の娘。一条天皇中宮彰子（女院）に出仕した。父は橘道貞（みちさだ）。

2　藤原定頼（さだより）、頼宗（よりむね）、教通（のりみち）らに寵愛され、公成（きんなり）の子頼仁（よりひと）を生んだのち、二六歳ごろ若くして没した。

3　死後も中宮彰子から衣替えの衣装を下賜された。

4　藤原教通（九九六～一〇七五）。道長の五男。

5　静円（じょうえん）（一〇一六～七六）。教通の子。歌僧。

6　平安時代後期の女性歌人。小式部内侍の母。恋多き女性として著名。帥宮敦道（そちのみやあつみち）親王との熱愛を『和泉式部日記』に記す。後に道長の推薦で中宮彰子に仕え、藤原保昌と再婚。『和泉式部集』正・続集がある。

しともおぼえはべらぬに、しかるべき前《さき》の世《よ》のことにこそあんめれ。この世一つのことはおぼえず。その中《なか》にも、保昌《やすまさ》[10]に忘られて、貴船《きぶね》に百夜《ももよ》参りて、「[11]もの思へば沢の蛍《ほたる》も我が身よりあくがれ出づる魂《たま》かとぞ見る」と詠みたるなど、まことにあはれにおぼえけり。「[12]奥山にたぎりて落つる滝つ瀬に玉散るばかりものな思ひそ」と御返しありけむこそ、いとめでたけれ。

また、小式部内侍失《う》せて後、女院《にようゐん》[13]より賜はせける御衣《おんぞ》に「小式部内侍」と札《ふだ》付けたるを見て、「[14]もろともに苔《こけ》の下には朽《く》ちずして埋《うづ》もれぬ名を見るぞ悲しき」と詠みて参らせけむ、「[15]とめ置きて誰をあはれと思ふらむ子はまさるらむ子はまさりけり」と詠めるも、いとあはれなり。

また、孫《むまご》のなにがし僧都《そうづ》のもとへ、「[16]親の親と思はましかば訪《と》ひてまし我が子の子にはあらぬなりけり」と詠みてたてまつりたるも、あはれなり。

書写《しよしや》の聖《ひじり》のもとへ、「[17]暗きより暗き道にぞ入りぬべきはるかに照らせ山の端《は》の月」と詠みてやりたりければ、返しをばせで、袈裟《けさ》をなむ遣はしける。さて、それを着てこそ失せはべりにけれ。そのけにや、和泉式部、罪深かりぬべき人、後《のち》の世《よ》助かりたるなど聞きはべるこそ、何事よりもうらやましくはべれ。

（一二六八～一二七二）

7　『十訓抄』『古今著聞集』『沙石集』（しやせきしゆう）に見える。

8　藤原定頼（九九五～一〇四五）。公任（きんとう）の嫡男で歌人。『定頼集』がある。

9　『金葉集』五五〇。『百人一首』六〇。『俊頼髄脳』『十訓抄』に見える。

10　藤原保昌（九五八～一〇三六）。和泉式部の夫。

11　『後拾遺集』一一六二。『俊頼髄脳』『袋草紙』『十訓抄』などに見える。

12　『後拾遺集』一一六三。貴船明神の返歌。

13　前掲出注3。『沙石集』『宝物集』に見える。

14　『金葉集』六二〇。『和泉式部集』五三六。

15　『後拾遺集』五六八。初句「とどめおきて」。『和泉式部集』四七六。

16　『拾遺集』五四五。『重之集』六〇。源重之（しげゆき）の詠歌。

17　『拾遺集』一三四二に雅致女式部（まさむねむすめしきぶ）として入集。『和泉式部集』一五〇。八五三。『袋草紙』『無名抄』『西行上人談抄』に見える。

❀ コラム

①アイドルとしての小式部内侍

小式部内侍は、一条天皇の中宮彰子（上東門院《じようとうもんいん》）に仕えた女房歌人。彰子の弟で道長次男の頼宗《よりむね》（堀河右大臣）と五男の教通《のりみち》（大二条殿）兄弟のほか、文化人藤原公任《きんとう》の嫡男定頼（四条中納言）からも同時に愛された。頼宗が教通との二股愛について母の和泉式部に真意を問いただす歌を詠み交わしたり（後拾遺・巻一六・雑二・九一一・九一二番歌「小式部内侍のもとに、二条前《さきの》太政大臣はじめてまかりぬと聞きてつかはしける　堀河右大臣」）、逢瀬の場面に定頼が訪ねてくる（『宇治拾遺物語』（巻三―三）「小式部内侍、定頼卿の経にめでたる事」）など、恋の修羅場をいくつも経験している。

教通が、生死をさまよう大病から癒えて姉彰子を訪ねた時、伺候していた小式部内侍に「なぜ見舞いに来てくれなかったのか」と声をかけて通り過ぎるのを引き留め、「死ぬばかり嘆きにこそは嘆きしかいきてとふべき身にしあらねば」と即座に詠み返したので、教通の愛がなお深まったエピソード（『袋草紙《ふくろそうし》』上、『宇治拾遺物語』巻五―一二「大二条殿に小式部内侍詠みかけ奉る事」）も伝わる。職場でこっそりデートの約束を交わす時、「月」とだけ記した教通の手紙に、小式部内侍が「を」と書き加えて、了解のサインを返したエピソード（『古今著聞集』巻八）も見える。小悪魔的な歌を即興で詠み、秘密のやりとりを交わして貴公子たちから愛された「夭逝したアイドル的宮廷女房歌人」として位置づけられる。

若い時分から歌が巧みな小式部内侍は、母が代作していると噂されていた。『百人一首』にも採られた「大江山」の歌は、丹後守藤原保昌と再婚した和泉式部が丹後へ下向中に企画された歌合《うたあわせ》に、小式部内侍が歌人として選ばれた時のもの。局《つぼね》の前を通り過ぎた定頼が「母のいる丹後に遣わした使者は帰ってきましたか。心細いでしょうね」とからかったことに対する即興の返歌である。定頼は返歌せずに逃げ去るが、この対応を「凡《およ》そ名を得たる人、中々の事云ひ出だすより遁避一之事也」として、秀歌に返歌は不要の「白紙を置く作法」例とする『袋草紙』上巻と、意外な展開に返歌できなかった恥を戒める『十訓抄《じっきんしょう》』巻三「不可侮人倫事」がある。書き手の視点による素材の扱い方に注目したい。歌人定頼が返歌できず立ち去ったので、相対的に歌人小式部内侍の実力が評価されるようになったエピソードとして機能している。

※参考文献

三木紀人「亜流の世代のアイドル─小式部」(『国文学』一九七五年十二月)

②天才歌人としての和泉式部

貴船明神と和歌を贈答した歌人として紹介される和泉式部だが、書き手は詠歌数の多さを評価しながら、性格や男性遍歴には否定的である。『紫式部日記』の和泉式部評「されど和泉はけしからぬ方こそあれ」、歌はうまいが理論を知らないので「恥づかしげの歌詠みやとはおぼえ侍らず」と共通する。しかし『和泉式部集』には心を打つ歌も多い。近代歌人の与謝野晶子は、和泉式部の絶唱歌「黒髪の乱れも知らずうち臥《ふ》せばまずかきやりし人ぞ恋しき」（和泉式部集・八六）から歌集『乱れ髪』の作品名を採っている。

和泉式部という女房名は、最初の夫和泉守橘道貞《みちさだ》の「和泉」と、父大江雅致《まさむね》が勤めた式部省に由来する。離婚後もそのまま変えず、道貞が新しい家族を連れて陸奥《みちのく》守として下向する行列を見送りに出た時には「もろともにたたましものを陸奥の衣《ころも》の関をよそに聞くかな」（詞花・別・一七三）と詠み送った。『和泉式部日記』は、長保五年（一〇〇三）初夏から始まった敦道《あつみち》親王との熱愛を、贈答歌を中心にブログ風に構成している。「恋歌の贈答マニュアル」として機能していたと見られる。

※参考文献

仁平道明「和泉式部の実像・虚像―娘小式部内侍への愛と哀傷」（『国文学 解釈と鑑賞』一九九五年八月）、久保木寿子『実存を見つめる和泉式部』（新典社、二〇〇〇）

③『無名草子』の話の枠組み

この章段では、平安時代を代表する女房歌人親子として、和泉式部（母）と小式部内侍（娘）を取り上げている。ともに一条天皇の中宮彰子に仕えた女房であった。恋多き女性としての母娘のエピソードばかりではなく、小式部内侍亡き後でも主人の中宮彰子が御衣を下賜したエピソード、先立つ娘が母を思って詠んだ歌と、亡き娘を偲んでその遺児に心を寄せようと詠んだ母和泉式部の歌のエピソードなど、対比の構図で章段を構成している工夫が随所に見られる。

❀ 調べてみよう

①女流歌人たちの歌徳説話には、どのようなエピソードがあるか、調べてみよう。

※説話文学『古事談』『古本説話集』『今昔物語集』『宇治拾遺物語』『十訓抄』『古今著聞集』のほか、歌論書『俊頼髄脳』『袋草紙』などがある。「新日本古典文学大系」（岩波書店）、「新編日本古典文学全集」「日本古典文学全集」（小学館）、「新潮日本古典集成」（新潮社）、「朝日古典全書」（朝日新聞社）、「講談社学術文庫」「角川ソフィア文庫現代語訳付き」、「旺文社文庫現代語訳対照」、「講談社文庫日本の古典」など紐解いてみよう。『日本伝記伝説大事典』（角川書店、一九八六）は、人物の逸話を紹介する。

②『百人一首』に採られた女流歌人たちとその和歌について調べてみよう。

※島津忠夫訳注『百人一首』（角川ソフィア文庫、一九九七改版）は解説が簡便で使いやすい。井上宗雄『百人一首―王朝和歌から中世和歌へ』（笠間書院、二〇〇四）は、講演を集めたもの。杉田圭『超訳百人一首うた恋い』（メディアファクトリー、二〇一〇）で歌の力を把握してみよう。

③『和泉式部日記』と『和泉式部集』の伝本について調べてみよう。作品名として『和泉式部日記』と『和泉式部物語』が併存する。

※近藤みゆき『和泉式部日記　現代語訳付き』（角川ソフィア文庫、二〇〇三）がハンディーで使いやすい。近藤みゆき『王朝和歌研究の方法』（笠間書院、二〇一五）から研究の手順を学ぼう。

第十四講　高貴な女の老い
―大斎院選子―

女の論の終盤、大斎院選子が描かれる。この人物は、村上天皇第十皇女であり、五七年の長きにわたって斎院を務めた。定子や上東門院彰子らと比肩する斎院文化サロンを形成している。

「女院《にようゐん》[1]には、さばかり名を残したる人々さぶらひけれど、さやうのことなども、人の目驚くばかりはあらじ、とつつませたまひけむほど、さまざま、心の色々見えて、めでたくこそはべれ」と言へば、

また、「昔のやうの宮ばらの御ありさま、あまたうけたまはる中に、大斎院[2]こそ、めでたくおはしましけむとおぼえさせたまへ。ただ今の時の后《きさき》にておはしまさむ御方々は、華やかに今めかしくも、また、心にくくもおはしまさむ、ことわりなり。これは、いつもめづらしからぬ常磐《ときは》[3]の蔭《かげ》にて、有栖《ありす》[4]川の音《おと》より外《ほか》は人目稀《まれ》なる御住まひにて、いつもたゆみなくおはしましけむほどこそ、限りなくめでたくおぼえさせたまへ。

さりながら、御年《とし》なども若くおはしまさむほどは、ことわりなりや。むげに老い衰へ、御世も末になりて、そのかみ参り慣《な》れてはべりけむ人もをさをさなく、今の世の人もはかばかしく参ることもなき末の世になりてしも、九月十日余日《よひ》の月明《あ》かかりけるに、雲《う》[5]林院《りんゐん》の不断《ふだん》[6]の念仏の果てに参りたりける殿上人《てんじやうびと》、四五人ばかり、帰《かへ》さに、本院の御門《みかど》の細めに開《あ》きたるより、やをら入りて、昔より心にくく言はれさせたまふ院のうち、忍び

1　上東門院・藤原道長の女・彰子（九八八〜一〇七四）。一条天皇の中宮。『無名草子』では大斎院の前に上東門院の話がある。

2　村上天皇第十皇女・選子内親王（九六四〜一〇三五）。五七年の長きにわたって斎院を務め、大斎院と呼ばれた。大斎院はオオサイイン、またはダイサイインと読む。

3　京都・紫野にあった斎院御所のあたりの様子をいう。常緑樹が多かった。

4　斎院御所の近くを流れていた川。

5　紫野にあった天台宗の寺院。

6　絶え間ない念仏。

て見むと思ひけるに、人の音《おと》もせず、しめじめとありけるに、御前の前栽《せんざい》心にまかせて高く生《お》ひ茂るを、露は月の光に照らされてきらめきわたり、虫の声々かしがましきまで聞こえ、遣水《やりみづ》の音《おと》のどやかにて、船岡《ふなをか》[7]の颪《おろし》、風冷ややかに吹きわたりけるに、御前の簾《す》少しはたらきて、薫物《たきもの》の香《か》、いとかうばしく匂《にほ》ひ出でたりけるだに、今でも御格子《みかうし》も参らで月など御覧じけるにやと、あさましくめでたくおぼえけるに、奥深く、箏《しやう》[8]の琴《こと》を平調《ひやうでう》[9]に調べられたる声、ほのかに聞こえたりける、さは、かかることこそと、めづらかにおぼえける、ことわりなり。

さて、かかる御ありさまを、見けると、知らせたてまつらざらむ口惜《くちを》しさとて、人などの参る方《かた》へ立ち回りたまへりける、そこにも女房二三人ばかり、物語してもとよりはべりけるに、いとをかしくて、琴《こと》など弾《ひ》き遊びて、明け方になりてこそ、内裏《うち》に帰り参りて、めでたかりつることどもなど語りたまひけれ。

時の所などは、明け暮れ、人多く、殿ばら、宮々も、常に立ち交じりたまへれば、たゆみなからむも、ことわりなりや。

また、小野《をの》[10]の皇太后宮《くわうたいこうぐう》と聞こえけるは、大二条殿[11]の娘、公任《きんたふ》[12]大納言の御孫《まご》、世を逃れ、籠《こも》りゐさせたまひて後《のち》、

（二八一～二八四）

7　船岡山から吹き下ろす風。

8　十三絃の絃楽器、箏。

9　雅楽などで用いられる調子の一つ。西洋音楽のホ音に近い音を基音とする。

10　藤原教通（のりみち）の女・歓子（かんし・一〇二一～一一〇二）。後冷泉天皇の皇后。ここからは小野皇太后宮の話になる。

11　藤原教通（九九六～一〇七五）。藤原道長の五男。

12　藤原公任（九六六～一〇四一）。『和漢朗詠集』の撰者。『大鏡』にはいわゆる「三舟の才」の話が載る。『紫式部日記』では「あなかしこ、このわたりに、わかむらさきやさぶらふ」と紫式部に声を掛けている。

✿コラム

①斎院と斎宮

平安時代中期までに神祇《じんぎ》制度としての斎院ならびに斎宮が整備され、文学作品にもよく描かれるようになった。斎院は、賀茂神に仕える人物ならびに制度・官舎を指し、内親王か女王がその任に当たった。『源氏物語』では朝顔斎院が登場する。また斎宮の方も同様に伊勢神に仕える内親王・女王であったが、こちらは『伊勢物語』第六九段の例が最も著明であろう。ただし斎宮は京から遠く、文化の発信地という役割を担うことはなかった。斎院も斎宮も神に仕えることから、男性との接触、また仏事への忌避が求められ、こうした禁忌が平安時代の文学の前提となっている。

※参考文献

後藤祥子編『王朝文学と斎宮・斎院』平安文学と隣接諸学⑥（竹林舎、二〇〇九）、本橋裕美『斎宮の文学史』（翰林書房、二〇一六）、所京子『斎王研究の史的展開　伊勢斎宮と賀茂斎院の世界』（勉誠出版、二〇一七）

②文芸サロンの形成

平安時代に創作活動が盛んになった理由の一つとして、「文芸サロン」の確立がある。例えば、定子のサロンでは清少納言が活躍し、また彰子のサロンでは紫式部や和泉式部が活躍した。この両者は中宮（または皇后）であり、ここには政治的な意味合いも大きかった。一方、大斎院の築いたサロンは宗教的背景が色濃く、政治的な情勢からはある程度の距離感があったようだ。『大斎院前《さきの》御集』（日本大学蔵）や『大斎院御集』（宮内庁書陵部蔵）には、このサロンの様子が垣間見られる。

※参考文献

石井文夫・杉谷寿郎編『大斎院御集全注釈』和歌文学注釈叢書②（新典社、二〇〇六）、石井文夫・杉谷寿郎編『大斎院前の御集注釈』私家集注釈叢刊⑫（貴重本刊行会、二〇〇二）、天野紀代子ほか編『大斎院前の御集全釈』私家集全釈叢書㊲（風間書房、二〇〇九）、鈴木知太郎・岸上慎二編『大斎院前の御集　日本大学図書館蔵』笠間影印叢刊㊹（笠間書院、二〇一五）、橋本不美男編『御所本大斎院御集　宮内庁書陵部蔵』笠間影印叢刊㊺（笠間書院、二〇一五）

③最上身分の女性たちとその老い

『無名草子』において女性批評の対象とされる一二人のうち、皇族であるのは四人である。順番に定子、彰子、選子《せんし》内親王、歓子《かんし》であるが、このうち選子内親王以外は中宮ないしは皇后であり、もとからの皇族ではなかった。

さて、こうした最上の身分にある女性たちを『無名草子』はどのように描いたのであろうか。女性批評を読み返してみると、小野小町や清少納言などは、その晩年について否定的に記している（第十二講）。一方、また小式部内侍から紫式部までは、和歌や物語の創作、音楽など特定の技能について評価している。

皇族四人については、少なくとも表向きはその存在自体が賛美の対象として描かれているように感じられる。こうした一貫性は、当時の身分意識によるものだが、特に彼女たち四人が選ばれた背景には、清少納言や紫式部が活躍した「一条朝」という時代の印象が強く影響しているようだ。

女の老醜を嫌うこともある『無名草子』において、選子内親王については「むげに老ひ衰へ」としつつも、特段の嫌悪感は見られない。彰子もかなり長生きしたが、そうした叙述は見られない。身分の高さは、その老いまでも隠すということになろうか。

最後に登場する歓子も長生きはしたが、四十九歳での立后後すぐに後冷泉天皇に先立たれた。後に出家し、小野の地で静かに暮らすことになる。『無名草子』は不遇な皇太后宮をここに描いたが、白河院の突然の訪問に対しては臨機応変に対応している。すでにこの時、歓子は七十歳を超えていた。

※参考文献

勝亦志織『物語の〈皇女〉 もうひとつの王朝物語史』（笠間書院、二〇一〇）

🏵 調べてみよう

①歴史上の斎院・斎宮を調べて、その全体を確認してみよう。

※学術的で信頼性の高い歴史辞典である『国史大辞典』（吉川弘文館、一九七九〜九七）を使って調べることができる。

②『紫式部日記』から、大斎院サロンについて書いてあるところを探してみよう。

※中野幸一他校注・訳『和泉式部日記　紫式部日記　更級日記　讃岐典侍日記』新編日本古典文学全集㉖（小学館、一九九四）から原文で確認すること。紫式部も、さすがに身分の高い大斎院自身を批判することはできないようだ。

③『無名草子』における大斎院の挿話と同様のものが、『古本説話集』や『今昔物語集』巻一九にも記されている。『無名草子』よりも詳しいこれらの記述を読んでみよう。

※三木紀人校注『宇治拾遺物語　古本説話集』新日本古典文学大系㊷（岩波書店、一九九〇）、馬淵和夫ほか校注・訳『今昔物語集②』新編日本古典文学全集㊱（小学館、二〇〇〇）が調べやすい。

④大斎院は歴史物語の『大鏡』にも登場する。どのような場面か探してみよう。

※橘健二・加藤静子校注『大鏡』新編日本古典文学全集㉞（小学館、一九九六）が調べやすい。

⑤賀茂信仰最大の神事である葵祭に、実際に行ってみよう。

※賀茂御祖神社編『世界遺産　賀茂御祖神社　下鴨神社のすべて』（淡交社、二〇一五）や小山利彦『源氏物語と皇権の風景』（大修館書店、二〇一〇）を持参すると参考になる。

⑥平安時代の女性にとって、高齢になることとはどのようなことなのか。『無名草子』に登場する人物を中心に、ゼミの先生や学生たちとディスカッションしてみよう。

第十五講　「女」から「男」へ
―栄花物語・大鏡―

女性たちに続いて、男性たちの評判が語り始められるかに見えたが、それらは歴史物語に委ねられ、物語の場は閉じられてゆく。

また、いかなること言はむずらむと聞《き》[1]き臥《ふ》したるに、例[2]の人、「さのみ、女の沙汰《さた》[3]にてのみ夜《よ》を明かさせたまふことの、むげに男の交じらざらむこそ、人わろけれ」と言へば、「げに、昔も今も、それはいと聞きどころあり。いみじきこと、いかに多からむ。同じくは、さらば、帝《みかど》の御上《うへ》よりこそ言ひ立ちなめ、『世継《よつぎ》』[4]『大鏡』などを御覧ぜよかし。それに過ぎたることは、何事かは申すべき」と言[5]ひながら。

（二八五）

1　老尼が。
2　例の若い女房。作中ではしばしば「若き人」と呼ばれ、話題の転換を促す役割を担っている。
3　評判。批評。
4　「世継」はジャンルとしての歴史物語の総称でもあるが、ここでは『栄花物語』の意か。コラム①参照。
5　文末は接続助詞「ながら」で中断され、以下は省略されたまま物語は閉じられる。物語の終わり方の一つの形式。

コラム

①「世継《よつぎ》」「大鏡」か、「世継大鏡」か

ここまで「女の沙汰」を語ってきた『無名草子』は、「男の沙汰」については、「世継大鏡」に詳しいのでそちらをご覧なさい、と促して、みずからの語りに幕を下ろしてゆく。この「世継大鏡」については、「世継」「大鏡」と区切って、それぞれ『栄花物語』と『大鏡』を指していると見るのか、それとも「世継大鏡」とひと続きに読んで『大鏡』を指していると見るのか、二つの説に分かれている。本書では底本（「新編日本古典文学全集」）に従って「世継」「大鏡」説を採用したが、どちらの説にも一長一短があり、確定することは難しい。以下、それぞれの説の根拠を確認しておこう。

まず「世継」「大鏡」説の有力な根拠となるのは、『無名草子』が『海人《あま》の刈藻《かるも》』という物語を批評する際に「言葉遣《ことばづか》ひなども、『世継』をいみじくまねびて、したたかなるさまなれ」（二四八頁）と述べていることである。『栄花物語』も『大鏡』も「世継」と呼ばれていたが、「言葉遣ひ」という点で『海人の刈藻』（ただし、現存しているのは改作本で、『無名草子』が見ていたものとは作中の和歌などが異なる）が模倣しているのは、明らかに『栄花物語』の方であり、この「世継」は『栄花物語』を指しているものと見て間違いない。そうであるとすれば、すでに『栄花物語』を「世継」と呼んでいる『無名草子』が、のちに『大鏡』という別の作品を指す際に、わざわざ「世継大鏡」などというまぎらわしい呼び方をするだろう

か、という疑問が生じてくる。

一方、『大鏡』が確かに「世継大鏡」とも呼ばれていたことは、平安時代末期に歌人・歌学者の顕昭《けんしょう》が著した『拾遺抄註《しゅういしょうちゅう》』（一一八三年）や、鎌倉時代中期の類書《るいしょ》（百科事典）『塵袋《ちりぶくろ》』など、さまざまな文献から確認することができる。また、天皇家や藤原氏の男性たちに対する鋭い人物評を含み、『無名草子』の女性評にも多大な影響を与えている『大鏡』はともかく、それほど批評性に富んでいるとはいえない『栄花物語』を、「男の沙汰」を語っている作品とはみなしにくい、という事情もある。

現在では「世継」「大鏡」説を採用する注釈書の方が多いが、「世継大鏡」説にも、なお捨てがたい説得力があり、確たる結論は得られていない、というのが現状である。

②『大鏡』から『無名草子』へ

平安時代後期の一一七〇～八〇年代頃の成立と推定される『大鏡』は、藤原道長の栄華を到達点とする摂関政治の歴史を語った物語として知られているが、そこでは、歴史上実在した天皇や藤原氏の人びとが、物語の登場人物として生き生きと描かれ、さまざまに批評されてもいる。『無名草子』は『大鏡』のそうした性格をよく理解した上で、男性たちによる政治史の物語である『大鏡』に対して、みずからをそれとは対照的な、女性たちによる文化史の物語として位置づけようとしている。『無名草子』がこれまで主に語ってきたのは、女性たちを担い手とする物語文学の歴史、そして平安文学史・文化史にその名を刻んだ女性たちの人物評（「女の沙汰」）であり、それはまさに女性版『大鏡』というべきものであった。『無名草子』は、女房たちの気ままなおしゃべりを装いながら、確固たる歴史意識に基づいて、平安時代の女性文学・文化の歴史を描き出しているのである。

さらに、最勝光院《さいしょうこういん》近くの小家での女房たちの語り合いに老尼が耳を傾ける、という『無名草子』の語りの場の設定も、雲林院《うりんいん》の菩提講《ぼだいこう》（『法華経』の講義）に際しての大宅世継《おおやけのよつぎ》・夏山繁樹《なつやまのしげき》という二人の老人の対話による歴史語りを、皇太后妍子《けんし》（道長の次女・三条天皇の中宮）の女房が聞く、という『大鏡』の設定を直接踏まえつつ、語り手・聞き手の老若男女を反転させたものとなっている。

何より重要なのは、具体的な事がらや人物を一つひとつ取り上げて描写し、それらに批評を加えてゆく、という『無名草子』のスタイルそのものが、『大鏡』の紀伝体（帝王・臣下の伝記をつらねる歴史叙述の様式）と、大宅世継の批評性豊かな歴史語りを手本としていることである（第一講「コラム①」参照）。『無名草子』は、「鏡物《かがみもの》」と呼ばれる対話形式の歴史物語の祖となった『大鏡』から派生した、「平安女性文学史・文化史の物語」であったのだといえよう。

※参考文献

高橋亨「「世継」と無名草子の系譜―語りの場の表現史」（『源氏物語の詩学―かな物語の生成と心的遠近法』名古屋大学出版会、二〇〇七、初出一九九一・二〇〇四）、安藤徹「『無名草子』の老尼の肖像」（『源氏物語と物語社会』森話社、二〇〇六、初出二〇〇二）、桜井宏徳「『大鏡』から『無名草子』へ―王朝歴史物語史の周縁―」（加藤静子・桜井宏徳編『王朝歴史物語史の構想と展望』新典社、二〇一五）

③『無名草子』の終幕

物語は、それまで語ってきたことが、伝聞あるいは不確かな内容であることを表す「とぞ」「とや」「とかや」（「と（か）いうことだ」の意）などの連語で締めくくられることが多いが、『無名草子』は途中で何かを言いかけたままの形で、接続助詞「ながら」で終わっている。「ながら」で終わる物語は他に例を見ないが、これも『源氏物語』以後の物語たちがさまざまに模索していた、物語の終わり方のヴァリエーションの一つであると考えられる。

女房たちのおしゃべりはまだまだ続いてゆくようだが、聞いていた老尼は眠ってしまったのか、それとも飽きてきたのか。それはわからないが、「男の沙汰」を『世継』『大鏡』に委ねた以上、もはや語るべきことは語り尽くした、というのが、作品としての『無名草子』の立場なのであろう。

※参考文献
桑原博史校注『無名草子』新潮日本古典集成（新潮社、一九七六、新装版二〇一七）、久保木哲夫他校注・訳『松浦宮物語　無名草子』新編日本古典文学全集㊵（小学館、一九九九）

✿ 調べてみよう

① 『栄花物語』『大鏡』に代表される歴史物語とは、どのようなジャンルで、どのような作品があるのか、調べてみよう。

※歴史物語の入門書として、松村博司『歴史物語　改訂版―栄花物語・四鏡とその流れ―』塙選書⑯（塙書房、一九七九）、河北騰『歴史物語入門』（武蔵野書院、二〇〇三）がある。

②「世継大鏡」について、『栄花物語』と『大鏡』の二つを指すとする説、『大鏡』のみを指すとする説のどちらを採用しているのか、各種の『無名草子』の注釈書を比較して調べてみよう。

※この問題については桜井宏徳「『大鏡』から『無名草子』へ―王朝歴史物語史の周縁―」（加藤静子・桜井宏徳編『王朝歴史物語史の構想と展望』新典社、二〇一五）が整理している。また、平安時代から鎌倉時代にかけての『大鏡』の呼称については、松村博司校注『大鏡』日本古典文学大系㉑（岩波書店、一九六〇）の「解説」にまとめられている。

③実際に『大鏡』を読んで、『無名草子』の「女の沙汰」と『大鏡』の「男の沙汰」の共通点と相違点について調べてみよう。

※現在最も読みやすいテキストは、橘健二・加藤静子校注・訳『大鏡』新編日本古典文学全集㉞（小学館、一九九六）。全文は掲載されていないが、コンパクト版として、橘健二・加藤静子・山中裕・秋山虔・池田尚隆・福長進校訂・訳『大鏡　栄花物語』日本の古典をよむ⑪（小学館、二〇〇八）もある。

④物語の終わり方には、どのような形式とヴァリエーションがあるのか、さまざまな物語を比較して調べてみよう。

※井野葉子「物語の完結・未完」（神田龍身・西沢正史編『中世王朝物語・御伽草子事典』勉誠出版、二〇〇二）は、物語の終わり方と完結・未完との関連性について概観しており、参考になる。

■ 執筆者紹介

原　豊二（はら とよじ）　天理大学教授
『源氏物語と王朝文化誌史』（勉誠出版、2006）、『源氏物語文化論』（新典社、2014）、『日本文学概論ノート』（武蔵野書院、2018）
担当した講、第四講・第八講・第十四講。

古瀬雅義（ふるせ まさよし）　安田女子大学教授
『枕草子章段構成論』（笠間書院、2016）、『源氏物語の展望　第十輯』（共著、三弥井書店、2011）、『古典籍研究ガイダンス』（共著、笠間書院、2012）
担当した講、第三講・第十講・第十一講・第十二講・第十三講。

星山　健（ほしやま けん）　関西学院大学教授
『王朝物語史論―引用の『源氏物語』―』（笠間書院、2008）
『王朝物語の表現機構―解釈の自動化への抵抗―』（文学通信、2021）
担当した講、第一講・第二講・第五講・第六講。

＊　　＊　　＊

桜井宏徳（さくらい ひろのり）　大妻女子大学准教授
『物語文学としての大鏡』（新典社、2009）、『ひらかれる源氏物語』（共編、勉誠出版、2017）、『藤原彰子の文化圏と文学世界』（共編、武蔵野書院、2018）
担当した講、第十五講。

妹尾好信（せのお よしのぶ）　広島大学教授
『平安朝歌物語の研究』（全2冊、笠間書院、2000・2007）、『昔男の青春―『伊勢物語』初段～16段の読み方』（新典社新書、新典社、2009）、『源氏物語 読解と享受資料考』（新典社、2019）
担当した講、第九講。

西本寮子（にしもと りょうこ）　県立広島大学教授
「江戸時代中期における物語の流布と享受―『とりかへばや』を例として―」（『国語と国文学』86-5、2009）、「うたの記憶―『とりかへばや』の引歌表現―」（『日本文学研究ジャーナル』13号、2020）
担当した講、第七講。

「女」が語る平安文学
―『無名草子』からはじまる
卒論のための基礎知識―

二〇二一年一月二五日初版第一刷発行
二〇二二年三月三一日初版第二刷発行

編者　原　豊二
　　　古瀬雅義
　　　星山　健
発行者　廣橋研三
印刷・製本　亜細亜印刷
発行所　有限会社　和泉書院
大阪市天王寺区上之宮町七‐六
〒五四三‐〇〇三七
電話　〇六‐六七七一‐一四六七
振替　〇〇九七〇‐八‐一五〇四三

Printed in Japan 2021
ISBN978-4-7576-0980-8 C0095

藤井　隆　著

日本古典書誌学総説

A5上製カバー装・二〇八頁・定価二二〇〇円

978-4-87088-472-4

日本古典籍を取扱う上で必要となる書誌学の基本的事柄を、長年の調査経験に基づき丁寧に説く（九十余図入）。国文国史の研究者、学生、書店、収書家から一般にも便利な座右の書であり、大学や司書課程のテキストにも良い。

神戸平安文学会　編

仮名手引

A5並製・七八頁・定価五五〇円

978-4-900137-26-4

古典文学の写本・版本を読解するための手引書として、大学・短大などの講読・演習に便利。古筆切・写本・版本から集字し、煩雑にならず効果的に活用できるように配慮した。字例とその本文用例を上下段に対照して見やすく編集した仮名手引最新の書。

山　崎　　馨　著

日本語の泉

四六並製カバー装・一六八頁・定価一六五〇円

978-4-7576-0447-6

老若男女に寄せた日本語の泉から湧き出す随想風日本語論。音と訓／片仮名と平仮名／五十音図／いろは／あめつちの詞／ふねとふな／てにをは／君が代の歌／万葉仮名／上代特殊仮名遣／推古期遺文／五世紀の金石文／母音法則／情意性の形容詞など

三村晃功・寺川眞知夫・廣田哲通・本間洋一　編

日本古典文学を読む

A5並製・二二八頁・定価一九八〇円

978-4-7576-0145-1

本書は、上代から中世に至る日本古典文学作品に関わる八十八の重要事項を選定して、その作品を具体的に読解・鑑賞すること通して各作品の本質に迫り、多彩をきわめる日本古典文学の世界への道しるべ、入門書となることを目的に編纂されたものである。

神野志隆光・芳賀紀雄・田中　登・竹下　豊・佐藤恒雄・稲田利徳・上野洋三・山崎芙紗子・太田　登・島津忠夫　編

和歌文学選　歌人とその作品

A5並製カバー装・二八八頁・定価二〇九〇円

978-4-87088-109-9

万葉から現代までの和歌を作者別に編成。『和歌史―万葉から現代短歌まで』と姉妹編を形成し、その作品編に当るが、また本書のみで、テキストとしても使用できるよう工夫した。はじめに総説、各時代のはじめに解説・歌人伝、巻末に参考文献・歌人系統図・年表を付す。

（定価は 10％税込）

日比野浩信 著

はじめての古筆切

978-4-7576-0905-1

A5並製カバー装・一四四頁・定価一九八〇円

古筆切を取り扱う前提や着目点を、豊富なカラー図版をもとにわかりやすく解説した実践古筆学入門。古筆切学習以外にも、変体仮名解読・文献学演習・調査実習など幅広い利用が可能。古典・美術史を学ぶ方・書家必見。

藤井 隆
田中 登 著

国文学古筆切入門

978-4-87088-139-6

四六上製カバー装・二四二頁・定価二四二〇円

国文学研究を志す人々のために、古筆切の持つ資料的意義を、具体例を挙げながら平易に説いた古筆切入門書。写真版で収めた著者所蔵の百点に及ぶ古筆切は、各分野の専門家に新資料提供の意義をも併せ持つ。古写本読解のための入門としても最適。

藤井 隆
田中 登 著

続々国文学古筆切入門

978-4-87088-540-0

四六上製カバー装・二六〇頁・定価二二〇〇円

先に刊行した『国文学古筆切入門』正・続編に次ぐ第三弾。これまでと同一方針の下に著者所蔵の古筆切一〇〇点を写真版で収め、解説を付す。巻末には正・続編をも含めた筆者索引・切名索引・書目索引を掲載。

黒田 彰
黒田彰子 編

仏教文学概説

978-4-7576-0253-3

A5並製カバー装・三四四頁・定価二五三〇円

本書は、上代から中世に至る仏教文学について通史的に概説したものである。この分野における最新の研究成果を可能な限り取り入れるとともに、講読、日本文学史、日本文化史のテキストとして使用できるように、簡略な語注を付した例文を豊富に備える。

日本歌謡学会 編

古代から近世へ 日本の歌謡《うた》を旅する

978-4-7576-0689-0

A5上製カバー装・三六〇頁・定価三九六〇円

古代に始まり近世に至る豊かな歌謡から九十九首を選び、祝う・祈る・恋・わらべの歌・労働・動物・人生・雪月花・都鄙遠境・風俗等に分類し、口語訳とともに多くの図版を掲げ、鑑賞文を付した。豊かな歌謡の世界の旅案内となる画期的な一冊。

（定価は 10％税込）